그 시절,
우리가
사랑했던
것들로부터

과거에서
기다리고 있는
미래

민이언 지음

나만

"잃어버린 낙원만이 진정한 낙원이다.
회상이 과거를 구원했을 때, 시간은 그 힘을 상실한다."
— 철학자 마르쿠제

프롤로그

잃어버린 시간을 찾아서

"오겡끼 데스까? 와따시와 겡끼데스!"

패러디가 난무할 만큼 당대를 풍미했던 명장면, 명대사. 군에서 갓 제대한 청춘 둘이서 하도 할 일이 없던 나머지, 저 대사의 감흥을 한번 느껴 보고자 비디오테이프를 빌렸다. 분명 마지막 클라이맥스일 것이라는 기대로, 남자 둘이 나란히 앉아 스쳐 가는 모든 서정적 미장센에 몰입하며 기다렸지만, 엔딩크레딧이 올라가도록 저 장면이 나오질 않았다. 그들이 빌린 영화의 제목은… 「철도원」이었단다. 당시 거의 비슷한 시기에 흥행했던, 비슷한 풍광을 배경으로 하는 일본 영화 두 편을 헷갈렸던 것.

지금은 각각 선덕중학교와 창동고등학교에서 근무하고 있는, 이진용 선생님과 박장우 선생님의 일화(실명 언급 허락받음). 대학 시절부터 붙어 다니던 한 학번 선배들이다 보니, 전역 시기가 비슷했다면 나도 자칫 그 부질없는 기다림을 함께 했을지 모른다. 아직 비디오 매체가 잔존하던 시절의 일이니, 이도 꽤 오래전 기억. 또한 내 나이 정도가 되는 이들이나 웃을 수 있는 일화일지 모르겠다.

왜 뜬금없이 대학 선배들의 일화를 적었는가 하면, 영화 「러브 레터」속에 등장하는 소설 『잃어버린 시간을 찾아서』 때문이다. 프루스트와 들뢰즈를 지겹도록 떠들어 대는 지금이지만, 이 소설을 한번 읽어야겠다고 마음먹은 계기가 이와이 슌지의 영화들에 대한 글을 쓰면서였다. 프루스트의 소설 속에서 마들렌 과자가 지닌 의미가, 영화 「러브 레터」 안에서는 그 소설 자체에 해당한다. 즉 이야기의 단서가 되는, 추억을 떠올리게 하는 매개물이다.

『잃어버린 시간을 찾아서』에서는 노을이 지고 있는 하늘을 배경으로, 멀리 떨어진 두 마을의 종탑을 한눈에 담은 감흥을 적은 페이지가 있다. 이는 문학사에서도 꽤나 유명한 장면이라고 한다. 작가의 꿈을 지니고 있던 주인공은 그 광경을 바라보던 순간에 문득 떠오른 문장들을 써내려 갔다. 글을 쓰고 난 후 알 수 없는 행복감에 빠져든다. 이 장면은 주인공이 나중에야 깨닫게 되는, 홍차와 마들렌으로 시작된 과거로의 여행이 스스로에게 무엇을 의미하는가에 대한 대답의 단서이기도 하다.

부르주아 출신으로서 사교계를 드나들던 주인공이 느끼는 삶의 무료함과 어떤 의미를 찾고자 하는 갈망은, 작가의 꿈을 지니고 있었던 어린 시절로 거슬러 올라간다. 그 회상으로의 여정을 촉발하는 매개물이 바로 마들렌 과자였다. 회상 속에서 마주친 모든 것들이 좋은 소재라는 생각이 들었고, 그 기억의 연대기를 집필하기 시작한다. 그러니까 이 소설을 쓰게 된 결론으로부터 이 소설의 첫 페이지가 쓰여지게 되는 것. 그래서 철학자 들뢰즈가 이 소설을 일러 '어떤 소설의 시작은 끝에 놓여 있었다'고 했던 것.

우리 삶에도 그런 '마들렌'적 순간이 있을까? 분명 누구에게나 있을 게다. 그것이 아직 '잃어버린 시간'으로 남아, 기억으로써 '되찾은 시간'이 되지 못하고 있는 것일 뿐이지. 내겐 유영석의 노래 하나가 그런 프루스트 효과였다. 학창시절의 어느 날에 들렀던, 지금은 터를 옮긴, 한 여학교의 '문학의 밤' 행사에 관한 기억. 그리고 모교로 교생실습을 나갔던 시절에 맞닥뜨린 우연을 통해 불러일으킨, 그 시절 그 자리에 모여 있었던 학생들에 관한 이야기를 글로 쓰면서 이 기획이 시작된 것. (74페이지)

이는 앞서 언급한 박장우 선생님과 관련 있는 추억이기도 하다. 유영석을 좋아한다는 공통점으로, 술에 취해 선배의 자취방에서 음악에 관한 교감으로 잠이 들던 날들. 선배의 이야기로는, 항상 내가 내 말만 하고 먼저 자버리는 통에, 자신이 말할 차례에는 들어줄 놈이 없었다는 아쉬움으로 기억하는 순간들. 이젠 세진이 세연이 보여 주겠노라 실명 언급도 마다하지 않는 두 아이의 아빠.

대학 선배들 이야기를 프롤로그에 언급할 만큼, 개인적인 이야기를 많이 다뤘다. 물론 어떤 세대가 공유하는 시대상과 어느 세대도 공감할 만할 시간성을 담지한 에피소드들을 선별했고, 너무 개인적이기만 한 이야기들을 추려 내다 보니 최초의 분량에서 반을 덜어 내야 했다. 프루스트의 소설이 왜 그렇게 긴 분량이었는지를 이해할 수 있었던 경험. 잊혀져 있던 기억을 소환하다 보니, 한도 끝도 없다.

유독 시간 속으로 사라진 것들에 대한 기억이 많은 경우이기도 하다. 한남동 시절에 단국대를 다녔고, 지금은 사라진 '춘천 가는 기차'에 주말마다 몸을 싣던 청춘이었고, 교정 전체가 리모델링이 된 모교와 지금은 이전한 어느 여학교의 어느 날로부터 시작된 이야기 등등. 개인이 겪은 에피소드이지만, 추억을 매개하는 풍경만큼이나 보편성을 지닌 순간들이 또 있을까? 결국 그 시절을 살았던 '우리'의 이야기이기도 하다.

시간의 두께만큼으로 멀어져 이제는 잘 보이지 않는, 그래서 그 아득함을 미화된 기억에 의존해 돌아보는 '지금 여기'에서의 얫된 심정. 하긴 그렇게 변하고 사라지기에 이런 주책 맞은 감상도 가능한 일일 터. 사라짐의 미학이라고 해야 하나? 사라지면 비로소 보이는 것들. 그렇듯 현전이란 것도 때로 부재하는 것들의 효과다.

'지나간 여름날'이란 문구 속의 여름에는 무더위도 열대야도 없다. 그저 찬란하기만 한 여름빛이 있을 뿐이다. 추억이라는 건 그 순간에 실제로 일어났던 일들에 대한 회상이라기보단, 그것을 회상하고 있는 지금의 시점이 반영된 해석이다. 그만큼 나의 존재의미가 잘 해명되지 않는 현재라는 반증이기도 할 터. 현재의 시간에는 왜 이리도 걱정거리만 산재해 있는지 모르겠다. 정작 그 시절에도 있었던 걱정거리는 아름답게 회고하면서 말이다.

돌아보는 시간들은 모두 아름다운 법. 그런 시절이 있었고, 그런 너와 내가 거기 있었다는 사실만으로도 아름다웠던 날들. 그 회상 속의 이야기가 한껏 미화된 각색일망정,

지금의 자신을 버티게 해주는 존재 의미이기도 하다. 이를테면 늘 '왕년' 속을 살아가는 꼰대들의 그 회상적 자아와 같은 맥락. 지금을 살아가는 이 권태로운 모습이 결코 나의 진면목은 아니라는 변호를 위한 방어기제라고나 할까?

'시간을 이겨 내는 힘은 기억'이라던 프루스트의 말 속에 드러나는 과거는, 기억에 각인되어 현재에 미치고 있는 성격이 아니라, 현재의 해명을 위해 찾아나서는 '내일'의 성격이다. 왜 우리가 과거를 돌아보는가. 그것이 지나간 시간이어서가 아니라, 해명되지 않는 지금의 반대급부로 이상화된 기억이기에…. 그 시절에는 조금 더 용기가 있었던 것 같고, 그 시절에는 좀 더 열정적이었던 것 같잖아. 현실에 치이며 살아가는 지금보다야 훨씬 더 꿈과 낭만의 가치를 믿었던 것 같기도 하고….

책의 제목은, 아는 사람들 사이에서는 유명한, 영화 「그 시절, 우리가 좋아했던 소녀」를 패러디했다. 프루스트의 형식으로 써보고 싶었으나, 그 정도의 문학적 소양은 아닌 터, 그 주제만을 따랐다. 『잃어버린 시간을 찾아서』에 언급되는 수많은 미술, 음악, 문학 그리고 여행지를 대신하여, 내 또래들이 '화양연화' 시절에 좋아하고 향유했던 문화들로 채웠다. 그중 하나인 유영석의 음악. 「우리 모두 여기에」를 시그널 음악 삼아 진행됐던, 그때 그 시절 '문학의 밤' 행사 자리에 있었던 학생들은 지금 어떻게 살고 있을까에 대한 질문으로부터 시작된 기획. 내 이야기만이 아닌, 그날 '문학의 밤' 행사에 참석하고 있었을지도 모를 누군가들의 이야기. 가끔씩은 그때의 내가 나이 들어 지금의 내가 되었다는 사실이 신기하기도 한, 그날로부터 어지간히 밀려난 어딘가를 살아가고 있을 우리들의 이야기.

'돌아가고 싶은 과거의 순간이 있습니까?'를 묻는다는 건, 결국 현재와 미래에 관한 질문이기도 하다. 과거를 돌아보는 일로써 당장에 삶의 궤도가 바뀌거나, 어제와는 전혀 다른 새로운 내일이 도래하는 것도 아니겠지만, 그 과거의 의미로부터 지금 스치고 있는 순간들에 대한 고민을 다시 해야 한다는 것이 『잃어버린 시간을 찾아서』의 한 주제이기도 하다. 자주 사용하는 표현이지만, 때로 우리의 미래는 과거에서 기다리고 있다.

목차

3. 그 시절 우리가 좋아했던

4. 늦게 도래한 화양연화

5. 그 바닷가에 두고 온 여름

1. 우리 모두 여기에

서른 즈음의 매점돌이

내가 다니던 고등학교에서 매점을 운영하시던 부부의 아드님은, 그 근처의 초등학교를 다니고 있었다. 이 친구는 방과 후에 곧잘 부모님의 일터로 찾아오곤 했는데, 우리는 그 친구를 '매점돌이'라고 불렀었다. '죽돌이' 개념이 아니라, 우리 또래가 보고 자란 「이상한 나라의 폴」의 '버섯돌이'를 차용한 경우. 그러나 그렇게 악동은 아니었고, 그렇다고 부끄럼이 많은 아이도 아니어서 고등학생 형들과 스스럼없이 잘 지내는 사이였다.

갓 입학한 신입생들은 그 친구의 존재를 모를 수밖에 없으니, 서클 1년 후배 녀석이 교정에서 마주친 그 친구에게 '꼬마야 여기 왜 들어왔니?'라는 식으로 물었던가 보다. 꼬마의 대답은 이랬단다.

"아니, 이 매점돌이를 모르다니?"

매점돌이는 자신을 몰라보고 던진 후배의 질문에 다소 어이가 없었던 듯. 하긴 취학 연령 이전부터 그곳이 놀이터였을 친구에게, 멤버쉽으로 치면야 우리보다도 VIP였던 입장에게 그곳에로의 출입 이유를 물었으니…. 당시 매점돌이의 대답을 어른의 화법으로 바꿔 본다면 이런 뉘앙스가 아니었을까 싶다.

"자네, 신입생인가 보군. 이 매점돌이를 모르다니 말이야. 훗!"

본관과 체육관 사이에 자리했던 매점 건물은, 마치 어느 면소재지에 지어진 작은 터미널 같은 모습이었다. 출입구 옆 벽면에 붙어 있던 공중전화의 배치까지 딱. 매표소 자리에서 물건을 팔고, 대합실 자리에서 학생들이 컵라면을 먹는 모습이었다고나 할까? 추억으로 돌아보는 기억 모두가 그러하지만, 특히나 비 오는 날에 먹던 컵라면이 아련하기만 하다. 굳이 우산을 펴들고 가기에도 애매했던 거리. 컵라면을 먹겠다는 일념 하나로 비 사이를 뚫고 달려온 남학생들은, 군데군데 젖은 교복차림으로 앉아 컵라면이 익는 3분을 기다렸다.

그 잠깐 동안 멍하니 바라보던 창문 너머로, 비막이 끝에서 떨어지던 빗줄기를 아직도 기억한다. '여행스케치' 혹은 '자전거 탄 풍경'의 노래가 BGM으로 깔려야 할 것 같았던, 아주 잠깐의 평화. 그 3분이 지나면 2분 동안 라면을 전투적으로 흡입하고 나서 다시 교실로 달려 들어갔다. 돌아보면 학창시절의 쉬는 시간 10분은 그렇게 짧지만도 않은 효율이었다.

모교로 교생실습을 나갔을 때는, 매점 건물 자리에 급식을 위한 식당이 새로 지어져 있었다. 학교에서 매점은 사라진 상태. 실상 요즘엔 이런저런 행정적 이유로 매점을 들이지 않은 학교가 꽤 있다. 내 모교도 그런 학교 중 하나였다. 급식의 시스템이 아닌 시절에도, 우리 학교 매점에서는 김치와 단무지 반찬 옆에 카레와 짜장을 떠주는, 1000원짜리 식판밥 메뉴가 있었다. 부모님이 모두 일을 하시는 가정이었던 터라, 나는 가끔씩 매점에 와서 이 메뉴를 사 먹곤 했었다. 교생 실습을 나와 보니, 이젠 모든 교직원과 학생들이 식판밥을 먹고 있었다.

학생들은 대개 3교시가 끝난 쉬는 시간에 점심용 도시락을 해치웠다. 그리고 점심시간 종이 울리자마자, 운동장으로 농구를 하러 달려 나간다. 하여간 그 시절에는 모든 결론이 농구였다. 그 농구 열풍이 사그라들기 시작할 즈음에 도시락이 사라지고, 그 3교시가 사라졌다. 그리고 우리 학교에서는 매점이 사라졌다. 머리가 제법 굵어진 매점돌이가 이후 그곳에 들를 일도 없었겠지만, 그럴 수도 없는 상황. 한 친구의 유년시절을 담고 있는, 누군가의 추억을 담고 있는 공간이 그렇게 시대의 요구 속에 사라져 갔다.

그렇듯 시간은 어떤 식으로든 공간을 매개하기 마련이다. 우리의 잃어버린 시간이 대개 사라진 공간을 매개하고 있듯. 하긴 공간을 자신의 별명으로 삼았던 매점돌이가 이젠 우수에 찬 「서른 즈음」을 부르고 있을 테니.

빛의 나비들

몇 년 전에 찍은 사진인데, 한때 「겨울연가」로 유명세를 치렀던, 일본 관광객들의 필수 코스였던 담벼락이기도 하다. 뭐 볼 게 있다고, 그저 이끼가 잔뜩 낀 옛날 방식의 시멘트 담벼락일 뿐이었는데…. 콘텐츠의 힘이란 그런 미학이다. 일본에도 지천으로 널려 있을 담벼락 앞에서 사진을 찍겠노라 바다를 건너오게 하는…. 하긴 「슬램덩크」의 가마쿠라 해변이 뭐라고, 강릉 앞바다와 별반 다를 게 없는 그 풍경을 보고자 바다를 건너는 마음은 이해하는 입장이니….

리모델링이 되기 전까지는 'ㄷ' 형태의 구조를 지녔던, 우리 학교의 일부 교실은 골목길을 사이에 두고 여학교의 복도와 평행을 이루고 있었다. 면학분위기의 이유로 이 교

빛의 나비들이 우리에게 알려주었던 건,
우리가 앉아 있는 교실이 그늘이었다는 사실이다.

실에서 수업이 이루어지는 경우는 드물었는데, 수준별 보충수업이 이루어지는 시간에는 교실이 모자라서 '굳이' 이 교실까지 사용을 했다. 이 교실은 학업성적이 다소 떨어지는 학생들이 누릴 수 있는 특권이었다.

사귀는 커플이라도 있으면 쉬는 시간마다 난리도 아니었다. 은정, 지영, 미선, 진희, 보람…, '영희'를 잇는 다음 제네레이션의 이름들이 적힌 종이를 창밖으로 흔들어 보이며, '사랑해'를 외치던 '철수'의 아들들.

여학교는 지대가 높아 우리의 2층이 그녀들의 1층보다 낮았다. 아직은 교실에 에어콘이 설치되지 않았던 시절, 창문을 열고 수업하는 이른 여름부터는 남학교 교실에서 일어난 모든 일상의 장면들이 소녀들에게 그대로 노출되었다. 남학생들은 굳이 감추지 않았다. 그녀들의 관음이라기보단 우리의 포르노라고 해야 할 정도로, 그녀들의 시선을 즐겼다는 표현이 보다 적절할 것이다.

가끔씩은, 쉬는 시간인 여학교 복도에서 손거울로 반사시킨 빛이, 수업시간인 남학교 교실의 이곳저곳을 날아다니곤 했다. 마치 영화 「오아시스」에서 문소리가 거울로 만들어 낸 빛의 나비들처럼…. 골목의 경계를 건너와, 선생님의 눈을 피해 남학생들의 얼굴에 내려앉던 빛의 나비들. 눈이 부셔 얼굴을 찡그리면서도, 소녀들의 짓궂음을 싫어하지 않았던 소년들.

세월이 흘러, 나는 모교로 교생실습을 나갔었다. 더운 햇살로 부화되어 골목길 사이에서 탈피(脫皮)를 하던 나비들은 더 이상 교실 창가로 날아들지 않았다. 요즘 같은 시절엔 수업을 방해하는 민원사안일 뿐이다. 빛의 나비들이 우리에게 알려주었던 건, 우리가 앉아 있는 교실이 그늘이었다는 사실. 지금의 시대에 학교는 더 짙은 그늘일 테지.

그 후로 세월은 더 흘러, 학교는 리모델링이 되었고, 빛의 나비들이 공간을 오가지 못할 정도로 나무들이 웃자랐다. 그 여름으로부터 멀어진 우리들이, 웃자란 시간 너머에 있는 그 소녀와 소년을 다시 볼 수 없듯.

체육관과 도서관 사이

한동안 「겨울 연가」로 유명세를 치렀던 모교의 담벼락. 당시의 나는 다시 대학 문화를 한껏 즐기고 있는 복학생이던 터라, 그 드라마를 한 편도 본 적이 없었다. 내겐 그저, 집게를 들고 다니면서 휴지 주웠던 기억밖에 없는 골목. 골목을 사이에 두고 여학교가 있는데, 쪽팔리게…. 이 담벼락에 관한 이야기를 하려는 건 아니고, 담벼락 너머의 건물이 주제다.

이 학교에서의 첫날, 저 도서관 건물에서 입학식이 진행됐다. 당시엔 저런 모습은 아니었고, 마치 일제강점기에 지어진 듯한 건물 외벽에 담쟁이덩굴이 촘촘히 붙어 있는, 돌아보면 꽤나 앤틱한 분위기였다. 1학년이 끝나갈 즈음에 그 도서관을 허물고, 2학년이던 해 내내 새로 지어 올리더

예상 밖의 시간으로 흘러오긴 했지만,
이미 교정 안에 다 들어 있었던 것들.

니, 3학년 때는 모든 3학년이 저 도서관에서 야간자율학습을 했다. 그러니까 내 동창들은 이전의 도서관을 눈에 담은 마지막 기수이자 새로운 도서관을 이용한 첫 기수였다.

사라짐과 지어짐 사이에서 보냈던 날들에 관한 어떤 의미부여를 목적으로 써내리고 있는 글이지만, 실상 학교 다닐 때야 도서관이랑 친하지도 않았고, 어떤 건축 양식이었든 간에 관심도 없었다. 3학년이 된 다른 친구들에겐 다 지정석이 있었는데, 내 자리는 있지도 않았다.

2학년 때까지는 공부 이외의 것에 관심이 더 많은 학생이었다. 2학년 겨울방학이 되어서야 부랴부랴 체육과 입시를 택했다. 학교 운동부였던 경험도 있겠다, 그 가닥을 상기해 한번 서울로 대학을 가보겠노라…. 어차피 야자시간에는 늘상 체육관에 있었으니, 선생님들도 도서관 지정석 명단에서 체육과 입시생들의 이름을 뺐다.

그런 도서관에 뭔 추억이 있겠냐만, 모교로 교생 실습을 나왔던 해에 맡은 CA가 마침 도서부. 우리 학교 도서관이 그렇게 생겼었는지를, 그때서야 자세히 둘러보고 알게 됐다.

얼마의 시간이 더 흘러서는 내가 책과 관련한 업계로 발을 걸게 될 줄을, 그때야 상상이나 했겠나? 나의 미래는 저쪽의 체육관이 아니라 이쪽의 도서관이었다. 문득 돌아보면 신기한 삶의 궤적이기도 하면서, 학교라는 공간이 그 행로를 미리 담고 있었다는 생각이 들곤 한다. 예상 밖의 시간으로 흘러오긴 했지만, 이미 교정 안에 다 들어 있었던 것들.

신상(新像) 숭배

『한국에서 아티스트로 산다는 것』 기획을 진행하느냐, 목동의 한 갤러리에서 열리고 있는 화가분의 전시회를 들렀다가, 근처 양정고등학교에서 근무하는 대학교 선배를 찾아갔다. 서울시 문화유산 관련하여 출판사의 저자로 모신 경우이기도 하기에, 마침 인쇄소에서 나온 신간 한 권을 건네며 이런저런 이야기를 나누려고….

자판기 커피를 뽑아 들고 교정 벤치에 앉아서 이야기를 나누며 교정을 구경했는데, 학교로서 갖춰야 할 시설들을 다 갖추고 있는 풍경이라고나 할까? 오랜 역사를 지닌 학교들은 도서관 건물이 따로 있는 편이다. 그 시절에는 도서관이 고등학생들의 필수적 공간이라는 인식이 있었던가 보다. 체육관 부지를 마련하지 못해도 신축 허가가 나는 요즘 학교들에게 도서관이 필수일 리 없지 않은가. 물론 독서회를 중심으로 학생운동을 벌였던 시대와 도서관의 기능을 비교해 본다면, 시대에 따라 달라지는 지식의 위계를 반영하는 풍경 같기도 하다. 물론 이도 내가 이 바닥으로 건너오고 나서야 하게 된 생각. 내가 교직에서 근무할 땐 되레 무관심했던 풍경.

88년에 이 자리로 이전했을 당시, 도서관은 옛 건물 그대로를 재현했단다. 일제강점기에 유행했던 양식의 건물, 이것을 일제의 잔재로 볼 것이냐의 문제는 군산의 재해석이 대답일 수도 있지 않을까?

내 모교도 내가 입학했을 당시에는 그런 앤틱한 자태를 지닌 도서관을 소유하고 있었다. 1920년대에 개교를 했고, 1950년대에 지금의 부지로 옮겨졌다. 건물이야 건축전문가들이 지어 올린 것이지만, 전쟁이 남긴 폐허 속에서 재학생들이 근처 강가의 모래와 자갈을 날랐었다고 한다. 내가 고등학교에 입학하던 해, 숱한 선배들의 시간을 머금고 있던 도서관이 허물어지고, 그 자리에 현대식 도서관이 들어섰다. 내 동창들은 옛 도서관을 눈에 담은 마지막 졸업생이다. '현대식'이래야 그 시대의 건축미학, 그 또한 아주 잠깐 사이에 구식이 될 것을, 많은 동문들의 추억이 어린 장소를 굳이 그렇게 허물어뜨려야 했을까라는 생각을 요즘에서야 하게 된다.

아이러니는 시대의 변화를 증명하던 새로운 패러다임이, 조금 더 발전된 미래에서 돌아보면 그처럼 촌스러운 풍경도 없다는 사실이다. 차라리 옛스러운 풍경은 언제 돌아봐도 목가적인 아름다움인 것을…. 아련한 기억을 더듬어 보면 마치 「어린이 명작동화」 '소공녀' 편의 배경으로 어울릴 법한 옛 정취가, 도리어 학교가 그토록 떠들어 대는 역사와 전통을 대변할 수 있는 '앤틱'이었을 텐데 말이다.

공간을 둘러싸고 있는 디자인이 현대화되면서, 공간의 기능도 현대화가 되었다. 도서관은 책을 읽고 문학을 논하며 교지를 발행하는 장소가 아니라, 대입을 앞둔 3학년들의 야간 자율학습을 최적화하는 장소가 되었다. 졸업을 하고 10년의 시간이 더 흐른 후엔, 교정 전체가 리모델링이 되었다. 50년대의 시간은커녕 내가 다니던 시절의 풍경도 찾아보기 힘든 모교의 지금은, 새로 개교하는 학교 건물들과 차이로 구분되는 무엇이 없다. 역사와 전통은 그렇게 유니크함을 잃었다.

"새로운 것에 대한 광적인 숭배는 불쌍하게 보이는 잔존

물을 받아들이지 않는다."

피에르 상소의 지적처럼, 신식에 대한 근시안적인 숭배는, 차라리 그것이 고풍스러움을 잠재하고 있는 미래라는 사실을 깨닫지 못하고, 그저 불쌍한 잔존물로 치부하는 우를 범한다. 물론 현대화의 작업은 필요한 일이다. 그러나 그것이 외곽의 디자인에 관한 의미만은 아닐 터, 시간의 공존이라곤 찾아볼 수 없는 '표현의 문제' 속에서 우리는 '단절'을 경험한다. 그리고 그 단절의 경계에 걸려 있는 마지막을 추억한다. 유난히 유행에 민감한 한국, 새것으로 출시가 되자마자 헌것으로의 카운트다운을 시작하는 세태가 고민해 봐야 할 문제가 아닐까 싶은….

교실 창가에서

고등학교 시절, 창가 자리에서 야구부의 타격 훈련하는 모습을 먼 시선으로 지켜볼 때가 있었다. 이 말인즉슨 수업에 집중하지 않는 학생이기도 했다는 이야기. 알루미늄 배트에 공이 부딪힌 순간보다 조금 늦게, '깡' 하고 들려오던 맑고 경쾌한 쇳소리. 소리의 속도에 관한 과학 지식을 늘어놓으려는 건 아니고, 그렇듯 '엊그제 같은' 기억으로 간직한 순간들이 있다. 정말로 엊그제의 일처럼 선명한 건 아닌데, 마치 엊그제의 일처럼 아련하기도 한, 정작 엊그제에 뭘 했는지가 선명하지 않을 나이. 뭘 했겠어? 오늘이랑 똑같았겠지.

"20년 후…."

소설이나 영화에서는 단 한 줄로 건너뛰는 세월. 다 내가 소비해 버린 시간이니 억울할 것도 없는데, 가끔씩은 구간을 훌쩍 건너뛰어 지금을 살아가는 것처럼 느껴질 때가 있다. 불과 얼마 전까지 알루미늄 배트 소리가 들려오는 교실 창가에 기대어 있었던 것 같은데…. 이젠 교직 시절도 가물가물한 판에, 기억은 왜 그렇게 먼 곳에 닿고자 하는지 모르겠다. 막상 돌아가면 뭐 특별할 게 있겠어? 하루하루 반복되는 날들이 지금과 별반 다르지 않겠지.

칵테일 사랑

내 또래의 학창시절과 비교하면 달라진 풍경 중에 하나가, '외출증'이라는 나름의 공문서다. 그 시절에는 그냥 담임에게 말 한마디만 하면, 잠깐의 외출 정도는 어려운 일도 아니었는데…. 더군다나 저녁식사 시간 동안 학교 밖을 거니는 일에도 아무런 제제가 없었다. 이 또한 시대의 역설인 것 같다. 학생들의 인권조례는 그 항목이 점점 세밀해지지만, 그만큼 관리하는 측이 내거는 조항도 늘어나는….

'시내'라는 공간이 존재하는 작은 도시, 그 중심가에 위치해 있던 몇몇 학교의 학생들은, 저녁식사 시간을 이용해 거리로 나와 잠깐의 자유를 만끽하고, 다시 야간 자율학습 시간에 맞춰 학교로 돌아가곤 했었다. 그 몇몇 학교에 우리 학교가 포함되어 있었다. 딱히 목적을 지니고 거리를 활보

한 것은 아니었다. 입시라는 명확한 목적으로부터 잠깐이라도 자유롭고 싶은 막연한 마음으로, 하릴없이 거리의 이곳저곳을 누비고 다녔을 뿐. 그렇듯 때로 자유가 구체화된 행위가 배회일 때도 있다.

그 시절에 한동안 지겹도록 거리로 울려 퍼지던 노래 중 하나가 마로니에의 「칵테일 사랑」이라는 곡이었다. 시내에서도 가장 번화가로 들어서는 신호등 앞에서 파란불을 기다리던 잠깐 동안에, 저 멀리서 들려오기 시작하는 몽환적인 선율의 전주. 파란불이 켜짐과 동시에 그 음악이 인도하는 블록으로 이끌려 가던 청춘들. 추억이 덧대어진, 한층 미화된 기억으로 되돌아보면, 마치 롯데월드로 입장하는 분위기였던 것 같다. 거리로 뿜어져 나오는 음악 사이로 학생들의 배회는 한 편의 뮤직비디오가 된다.

마음 울적한 날엔 거리를 걸어 보고
향기로운 칵테일에 취해도 보고
한 편의 시가 있는 전시회장도 가고
밤새도록 그리움에 편질 쓰고파

그 거리를 매일같이 걸었다는 건, 매일같이 울적했다는

의미였을까? 그때 그 시절, 그 거리에서 울려 퍼지던 음악들은, 그것들이 닿아 울리는 그 시절의 풍경들까지가 프로듀싱의 일부였던 것 같다. 신호등 앞에서 몽환적인 전주로 시작되어, 닉스, 유니온베이, 르까프 매장을 지나 프로스펙스 매장의 코너를 돌면 저 멀리로 페이드아웃의 여운으로 사라지던….

그 음악 사이로 늦은 오후를 오가던 소년소녀들은 지금 어디서 무엇을 하며 살아가고 있을까? 그 거리에서 나누었던 이야기들을 실현하고 살아가는 지금일까? 향기로운 칵테일 한 잔에 그 시절을 추억하고 있을까? 아니면 하루의 피곤을 달래는 소주 한 잔으로 잠을 청하고 있을까?

이 삶이 한 편의 소설이라면, 「칵테일 사랑」이 울려 퍼지는 그 시절 그 거리의 페이지로 돌아가, 나를 스치는 그 소년소녀들의 얼굴을 자세히 들여다보고 싶다. 그리고 페이지를 조금 더 늘려 그들의 모습을 보다 자세히 묘사하고 싶다. 누구의 학창시절인지야 알 수 없겠지만, 그들의 모습이 곧 나의 모습이기도 할 테니…. 한 잔을 마셔도 화려한 칵테일처럼 화려하게 다시 그 시절을 적어 보고 싶은 회한으로 서성이다 보면, 저 멀리서, 화양연화의 찬가처럼, 「칵테일 사랑」도 들려오겠지?

지금은 사라진 프로스펙스 매장이 끼고 있던 그 코너 돌아에 아득히 들려오던「칵테일 사랑」같은 것. 각자의 소설 속에서 어느 지나간 날의 프로스펙스 매장을 지나치시거든, 그 앞에서 당신의 얼굴을 빤히 쳐다보고 있는 사람이 그 시절의 저일 수도 있으니, 뭘 그리 쳐다보냐고 성내지 마시길….

토요일 오후에 관한 단상

아침 일찍 집을 나섰다가 늦은 밤이 되어서야 다시 집으로 돌아올 수 있었던 고등학교 시절. 왜 야간 자율학습은 자율이 아닌가에 대한 논리적인 성토는 씨알도 먹히지 않았고, 정의감으로 몰래 강행한 교실로부터의 탈주는 다음 날 담탱이의 '빠따'로 이어지곤 했다. 그래서였는지 그 시절에는 토요일이 그렇게 소중할 수가 없었다. 그냥저냥 오전만 버텨 내면 정당한 하교를 할 수 있었던, 제도적 낭만.

학교 밖으로 쏟아져 나오던 각 학교들의 교복들은, 그 잠깐의 시간으로 세상의 낮을 구경하곤 했다. 나른한 오후 햇살을 가득 머금은 거리. 이제는 찾아보기도 힘든 레코드 가게의 외부 스피커로부터 흘러나오던, 거리의 풍경으로 채워진 모든 것들에 닿아 울리던 최신 유행가. 그 길 위에 내려앉은 여름 사이로 청춘의 감성들은 어떤 자성에 이끌리듯, 그러나 목적도 방향도 없이 이곳저곳을 배회하곤 했다.

잠깐의 토요일 오후를 만끽하고서 집으로 돌아가는 학생들을 가득 실은 시내버스. 창가에 기대어 멍하니 바라보던, 수다를 멈추지 않는 누군가들의 발랄한 여고시절. 창가를 스치는 바람에 실려 오던 그녀들의 비누냄새, 샴푸냄새. 그 여학생들을 의식하며 갖은 허풍을 떨고 있는 누군가들의 남고시절. 아주 낮고 느리게 스멀스멀 피어오르던 그들의 땀냄새, 발냄새 그리고 담배냄새.

주 5일 근무가 실현되면서, 토요일 오전 수업이란 개념도 사라졌다. 선진국의 대열로 들어선 일주일의 사이클, 휴일을 앞둔 상기된 얼굴들의 하굣길은 금요일 오후의 몫이 되었다. 지금 생각하면 길지도 않았던 3년, 그 3년 중에 토요일이 며칠이나 됐을까? 소중한 일상의 풍경 하나가 역사 속으로 사라진 것 같은 아쉬움이 느껴지기도…. 물론 지금의 시대에 학창시절을 보내고 있는 입장에선, 그 지겨운 시간들을 먼저 보내 버린 세대의 '라떼'적 이기심이 투영된 토요일 오후에 관한 추억이겠지만….

더불어 사라진 무언가는, 오전 수업을 마치고 돌아와 늘어지게 청했던 낮잠이다. 커튼으로 가려진 만큼의 조도가 머물러 있던 방 안에서의 단잠. 이젠 여느 날보다 늦은 기상으로 시작하는 토요일, 도통 그 옛날의 낮잠이 재현되지 않는 시절이기도 하다. 그 시절의 토요일 오후와 함께 세상에서 사라진 것 같은, 그 오후빛으로 물들던 내 방 안의 모든 것들.

그 잠깐의 낮잠 동안에 음악을 틀어 놓곤 했었다. 마치 꿈으로 이끌고 있는 듯한, 꿈결처럼 들려오는 그 느낌이 너무 좋아서…. 이 또한 아련함과 애틋함이 덧입혀진 왜곡된 기억이겠지만, 그 시절의 오디오에서 흘러나와 내 방 구석구석에 닿아 울리던 아날로그 음질이 세피아의 조도이기도 했다.

내 작은 방 안 가득히

가끔씩 카세트 플레이어 시절의 잡음이 그리워질 때가 있다. 내가 원하는 트랙의 음악이 시작되기를 기다리며, 테이프가 돌아가는 소리까지 음악의 일부로 듣던 시절. 카세트 테이프가 진열되어 있던 책장 주변의 풍경과, 스피커에서 흘러나오는 음악에 닿아 울리는 듯했던 내 방 안의 모든 것들. 그 시절의 음악들이 더 풍요롭게 느껴지는 것은 이런 기억의 힘일지도 모르겠다. 음악뿐만이 아니라, 그것을 둘러싼, 그것이 끌어안은 모든 것들을 기억하기에….

다시 찾아서 들어 보는 그 시절의 노래들은, 어쩌면 다시 유행되지 않을 화성의 선율과 문체의 가사라는 사실만으로, 지금의 트렌드에는 쉬이 어우러지지 못하는 지나간 시대의 청춘들의 앳된 심정을 대변하는 회상의 이미지들인지도 모르겠다. 이젠 돌아보아도 잘 보이지 않을 만큼이나 멀어지고 두터워진 극간을 채우고 있는 세월의 더께, 그 중층의 순간들을 투과하면서 아련함으로 걸러져 지금에 닿고 있는 어렴풋한 기억들.

그 시절에 좋아했던 뮤지션들의 앨범, 그것을 플레이할 수 있었던 오디오와 워크맨. 외출 때마다 입었던 리바이스 501과 게스 티셔츠, 새로 샀을 때의 설레임을 아직도 기억하는 에어 조던과 리복 클래식…. 그렇게 애지중지했던 그 모든 것들이 내 방에 있었는데, 그것들은 언제 내게서 사라진 것일까? 버린 기억은 없는데, 아니 버린 기억까지 잊어버린 것인지도 모르겠다. 내 방 안 가득히 채워져 있던 나의 시간들은 다 어디로 사라진 것일까?

내 작은 방 안 가득히 채워져 있던, 꿈이 시작되던 지점에서 그 꿈의 방향을 가리키고 있던 것들도, 내가 모르는 사이에 하나둘씩 사라져 갔다. 버린 기억조차 떠오르지 않을 정도로, 꿈밖으로 사라져 가는 것들에게 작별의 예우도 제대로 갖추지 못한 채, 무심히 흘려보낸 시간들. 흘려보내고서 한참의 시간이 더 흐른 후에야 그 흘러간 것들이 보이기 시작한다. 언제 내게 그런 시절이 있었나 싶을 정도로, 이젠 정말이지 꿈처럼 아득하기만 하다.

응답하라 백록담

직장에 다니던 시절에는, 주말에 등산이나 가자는 부장님의 권유가 지위를 악용한 상징적 폭력으로 느껴지기도 했다. 아무리 할 게 없기로서니 주말을 이용해 '등산이나' 가고 싶은 청춘이 어디 있겠냐 말이다. 차마 가기 싫다는 말도 못 하고 끌려간 등산로 입구에서 마주한 몇 봉지의 막걸리는 또 젊은 놈이 짊어지고 가야 할 몫이다.

정상에 도착하는 순간에 늘상 막걸리 한 잔과 던져졌던 질문,

"민 선생! 어때? 좋지?"

그럼 거기다 대고 안 좋다고 그러냐? 꼰대들의 특징, 아랫사람으로서는 솔직히 대답할 수 없는 질문을 던지고서 자신이 원하는 응답을 기대한다. 누군가는 맑은 윗공기에

가슴이 뻥 뚫리겠지만, 누군가는 산을 내려가 또 유황오리로 판을 벌릴 낯술이 그저 답답하다. 그냥 일찍 집에 가서 쉬고 싶은 마음이 굴뚝같건만….

내 경험상으론 등산의 궁극적 목표는 산을 오르는 게 아니라 산을 내려오는 것이다. 쓰다 보니 참 철학적이라는….

나는 아직 산을 잘 모른다. 같은 질량으로 소비되는 시간이라면 바다가 좋다. 계곡 끝에서의 유황오리보다는 항구 끝에서의 방어회가 더 좋다. 그런데 요즘은 가끔씩 집근처의 산자락을 홀로 오르곤 한다. 물론 등산이라고도 할 수 없는 낮은 높이, 그럼에도 등산을 좋아하는 이들의 심정을 조금은 이해할 수 있을 것 같기도 하다. 몸을 피곤하게 만듦으로써 상념을 떨쳐 버리기에는 이만한 운동이 없다. 인자요산 지자요수(仁者樂山 知者樂水)라 했던가? 이젠 인자해지려고 하는 것인가? 그렇다고 그전까지의 내가 지혜롭기는 했나?

지금까지 제주도를 5번 가봤다. 한 번은 수학여행으로, 한 번은 대학교 졸업여행으로, 나머지 세 번은 수학여행 인솔자로 따라갔다. 일정에 떠밀려 다니는 '여행'인지라, 다섯 번 모두 동선의 차이가 거의 없었다. 단 하나의 큰 차이라면, 고등학교 시절에 오른 백록담이다. 수학여행 첫날,

숙소에 짐을 풀자마자 행해진 첫 일정은 한라산을 오르는 것. 그 팔팔한 나이에도 쉽지 않았던 등반, 또한 지금과 같은 등반로는 아니었으니….

겨우겨우 기어오르다시피 한 백록담에는, 사진으로 본 것보다는 훨씬 큰 백록담의 규모 이외에는 아무것도 없었다. 너무 지쳐 있어서였을까? 너무 어려서였을까? 그 어떤 감흥도 느끼지 못했던 것 같다. 기회가 있어도 백두산 천지에 오르는 일은 결코 없으리라는 다짐뿐이었다. 그래도 다 올라왔다는 안도감, 하지만 다시 내려가야 한다는 짜증이 한데 섞인 욕설을 '야호' 대신 백록담에 남겨 두고 왔다.

벌써 20년이 지나 버린 어느 봄날, 백록담을 바라보던 내가 무슨 생각을 하고 있었는지가 기억나지 않는다. 한창 생각 없이 나대고 다니던 시기였으니, 생각의 기억이란 게 남아 있을 리도 없다. 그런데 요즘 들어선 다시 한 번 그곳에 올라 보고 싶다는 생각이 문득문득 스쳐 간다. 백록담은 여전히 20년 전과 같은 봄을 간직하고 있겠지? 그곳에 남기고 온, 백록담 가득 흩뜨려 놓은 어린 날의 치기, 객기, 똘기 등을 다시 한 번 떠올려 보고 싶기도 하다. 다시 백록담에 오르면, 당시의 내가 무슨 생각을 하고 있었는지가 기억날까? 지금의 나는 백록담을 바라보며 무슨 생각을 할까?

들춰 본 지가 언제인지 모를, 시간의 더께만 점점 두텁게 쌓여 가는, 학창시절의 앨범. 이렇게까지 들여다보지 않게 될 줄 모르고서, 페이지 가득 꽂아 놓은 백록담에서의 기념 사진들. 백록담의 봄을 배경으로 찍으려 했으면서도 백록담을 가려 버린 2학년 5반 모두가 웃고 있다. 지금 저들은 모두 웃으면서 살아가고 있을까? 그저 몇 페이지의 추억으로 남아 버린 웃음들을 나와 같은 마음으로 뒤돌아보고 있지는 않을까? 백록담에서 내가 무슨 생각을 하고 있었는지는 기억나지 않는다. 하지만 나는 웃고 있었다. 우리 모두 웃고 있었다.

미국 독립기념일

지방에서도 지역 축제의 일환으로 불꽃놀이를 하는 경우가 있지만, 보다 더 큰 규모의 화려함은 미국 독립기념일에 미군 부대에서 쏘아 올리는 것이었다. 역시 돈 많은 나라가 다르다는 어른들의 말에 설득된 인식이었지는 몰라도, 정말 더 웅장해 보이는 것 같기도 했던 기억.

내가 다니던 고등학교는, 지금은 사라진 캠프페이지(Camp Page) 앞에 위치하고 있었다. 독립기념일의 불꽃놀이가 시작되면, 어차피 야자는 힘든 상황. 학생들 모두가 창가에 매달려 불꽃을 구경하고, 몇몇 학생들은 아예 운동장으로 나와 시야를 넓혔다. 야자를 감독하시는 선생님들도 학생들이 그냥 구경을 하게 내버려둔다. 그 틈을 타 땡땡이를 치는 놈이 있나 없나를 나중에 확인할지언정…. 지금보다는 더 엄격한 규율로 학생들을 옭아맸던 듯하면서도, 아직까진 그런 유연함이 공존하던 시절의 학교.

학교 운동장으로 쏟아져 내리는 듯했던 불꽃. 그 장관을 눈에 담았던 순간이 엊그제처럼 생생한데, 그 시절로부터 언제 이토록 멀어진 것인지. 그 지나간 어느 여름날에 도대체 뭘 두고 왔다고, 왜 이리도 앳된 심정으로 돌아보는지 모르겠다. 어차피 다시 돌아가 봐야 답답한 일상만 반복될 게 뻔하고, 아직은 교실마다 에어콘이 설치되어 있지도 않던 시절의 여름 안에서 더워 죽을 텐데….

만약 시간을 달려서 다시 그 여름날로 돌아가 그 시절을 살아가고 있는 나를 만날 수 있다면, 나는 녀석에게 무슨 말을 해줄 수 있을까? 너는 재수를 하게 될 것이고, 지금 지니고 있는 그 꿈은 끝내 이루지 못할 것이다. 몇 년 후에는 집안 형편이 힘들어질 것이고, 얼마 지나지 않아 아버지가 돌아가시게 될 것이다. 아버지처럼 교사 생활을 하다가 결국 아버지처럼 학교를 떠나게 될 것이나, 아버지처럼 학교에서 배필을 만나는 일은 결코 없을 것이다. 그러니 이 시기에는 이렇게 처신하고, 저 순간에는 저걸 선택하라. 뭐 이런 이야기를 해줄 것 같지는 않다. 지금의 나는 뭘 또 그렇게 인생에 대해 잘 알고 있단 말인가.

더군다나 지 잘난 맛에 살아가던, 그 시절의 내가 곧이 들을 리도 없다. 어차피 녀석이 바꿀 수 있는 것도 없다. 그제사 공부를 열심히 해 명문대를 갈 것도 아니고, 판검사가 될 것도 아니고…. 그냥 녀석 스스로 알아서 해답을 찾아 방황하고 반성하는 시간을 갖도록 내버려둘 것 같다. 어차피 그 녀석이 지금의 내가 된 것이니. 그냥 녀석의 곁에서 독립기념일의 불꽃놀이나 구경하다 돌아오지 않을까 싶다.

시간을 달리는 소년

고등학교 시절 내내 넘어 다녔던 어느 언덕길. 몇 년 전에 정용훈 작가님과 협업을 진행하면서, 그 길을 그려 달라고 부탁드렸었다. 많은 생각들로 오간 저 길에 가장 많이 흩어 놓았던 단어는 '나중에', '언젠가'였다. 그러나 고등학교를 졸업하고, 서울로 진학을 하고, 서른이 넘도록 그 '나중'은 다가오지 않았다.

도대체 그때 생각한 '나중'이란 언제였을까? 조금 더 상황이 나아지면 무언가를 실행할 줄 알았는데, 실상 나아진 상황은 그 '나중'을 위한 것도 아니었다. 우리가 꿈으로 도피할 때가 있잖아. 그런 꿈을 지니고 있다는 사실로 획득하는 자기 위안. 거기에 닿고 말고는 상관없이, 그런 지점을 설정해 놓고 있다는 사실 자체로, 내가 별 볼 일 없는 놈이

정용훈 작가.
인스타그램 @ruff_sketch

1. 우리 모두 여기에

아니란 말을 하고 싶은 것. 정작 그 지점에 닿기 위한 처절한 노력은 기피하면서….

'할 만한' 여건이 다 갖춰진 '나중' 같은 건 결코 도래하지 않는다. '언젠가'의 시제를 지키며 늘 미래로 밀려날 뿐이다. 정말로 '나중에, 언젠가'에 무엇을 할 의지가 있는 사람 같으면, 지금 당장에 틈틈이 무언가를 하고 있다는 거. 순간의 성격이 변하지 않으면 이 인생의 방정식은 영원히 바뀌지 않는다. 그 시간의 미적(微積)을 사는 것.

나중에 알고 보니 정용훈 작가님이 그려 준 저 그림은, 「시간을 달리는 소녀」의 패러디였다. 만약 타임머신을 타고 과거로 갈 수 있다면, 저 언덕길을 걷고 있는 녀석을 뒤에서 물끄러미 지켜보고 싶긴 한데, 다가가 어떤 말을 건네고 싶은 생각은 없다. 어차피 말 들을 놈 아니거든. 지가 그 시간을 직접 겪어 보지 않는 한, 사람은 잘 변하지 않거든. 저 놈이 나이 들어서 내가 됐으니, 내 입장에선, 아무것도 모르고서 지 잘난 맛에 살아가고 있는 재가 얼마나 불쌍해.

햇빛 쏟아지던 날들

내 모교 운동장에는 스탠드 계단 사이에 큰 나무가 하나 심어져 있었다. 실상 그 나무가 먼저 있었고, 그것을 보존하는 방식으로 스탠드가 만들어진, 지금 돌아보면 어느 학교에도 없는 풍경. 어떤 나무였는지, 그 종류는 기억나지 않는다. 그런데 리모델링된 학교에서는 그 회상 속의 풍경이 사라졌다. 누구의 의견이었는지야 알 수 없지만, 하여튼 미적 감각이라곤 전혀 없는 이들이 주춧돌에 자기 이름 새기겠노라 일단 부수고 새로 짓고 본다.

체육선생님이 축구공과 농구공만 던져 주면 학생들끼리 알아서 놀았던 그 시절의 체육시간. 그런데 가끔씩은 체육선생님의 인솔 하에 체력측정을 하는 날이 있었다. 그런 날은 반 아이들이 그 나무 그늘 아래의 스탠드에 앉아 자신의 측정 순서를 기다려야 했다. 성이 '민' 씨이다 보니, 49명 정원에 내 번호가 16번인가 그랬다. 어느 해의 체력측정 날, 일찌감치 모든 측정을 마치고 스탠드에서 친구들이랑 떠들다가 잠깐 바닥에 누웠다.

잠이 들까 말까 하는 상황에서 들려온 친구들의 작당. 저 새끼 깨우지 말고 가잖다. 잠결에도 '저 유치한 새끼들!'을 비웃으며 계속 눈은 감고 있었다. 그 상황에서 바로 일어나는 것도 귀찮고 해서…. 그런데 정말 잠깐만 눈을 붙인다는 것이, 정말로 자버렸다. 그리고 그 유치한 새끼들은 정말로 나를 깨우지 않고 지들끼리 교실로 들어가 버렸다. 눈을 떠보니 다른 반의 체육시간, 그런데 또 그런 장난에 당황할 정도의 학창시절은 아니었다는 거. 어차피 체육복은 입고 있겠다, 그 반도 체력 측정 시간이겠다….

기왕 그렇게 된 이상, 그냥 나를 깨우지 않고 들어간 친구들을 핑계로, 수업에 들어가지 않고 계속 그 나무 아래 누워 있고 싶었던 어느 여름날. 바람에 흔들려 서로 부대껴우는 나뭇잎 사이로 언뜻언뜻 드러나던 파란 하늘. 그 가려진 하늘 아래로 비껴드는 햇살이 어찌나 아름답던지. 막상 돌아가 보면 그 정도의 미장센은 아닐 텐데, 실제로는 어떤 풍광이었는지를 확인해 보기 위해서라도 잠깐 돌아가 보고 싶기는 하다.

졸저 『붉은 노을』에서 언급되는 학창시절의 어떤 사건이 있는데, 그 사건을 스핀 오프로 하는 원고를 하나 더 써 놓았다. 그 사건이 벌어진 과거로 돌아가는 순간이, 그 나무 아래 누워 있던 어느 화창한 여름날이다. 성인이 된 이후의 모든 시간이 긴 꿈이어서, 그 나무 그늘 아래에 누워 있던 어느 날의 낮잠에서 깨어나는 나를 상상해 보곤 하는, 남가일몽(南柯一夢)의 현대적 해석이랄까?

지금이라고 세상을 비추는 햇빛이 없는 것도 아니거늘, '햇빛 쏟아지던 날들'이란 영화 제목으로 기억하는 회상의 풍경. 그 여름 안에서, 그 나뭇잎 사이로, 하늘은 우릴 향해 열려 있고, 그 하늘 아래로 너의 작은 꿈이….

해야 떠라

5교시, 나른함과의 사투 끝에 영어사전 위로 엎어져 청했던 10분의 풋잠. 그 잠깐 동안 꾸었던 꿈속에서 보았던 미래가 지금과 같은 모습이었을까? 가끔씩은 그런 상상을 해본다. 지금의 이 모든 순간이 그 10분 동안 꾼 꿈이길. 다시 그 시절로 돌아가 다시 한 번 그 시간을 살 수 있는, 중년의 꿈에 갇힌 청년이길….

선풍기 바람에 어지러이 날리는 페이지들 사이로 잠을 깬다. 입가로 새어 내리고 있는 침, 목과 이마에 송글송글 맺힌 땀. 다 닦아 내지 못한 찐득함 그대로, 이번 시간의 교과서로 바꾸러, 사물함을 향해 비몽사몽 걸어간다. 10분의 단잠에서 깨어 2학년 5반의 그 녀석으로 돌아와 있다.

가끔씩 고등학생 때로 돌아가는 꿈을 꾸곤 한다. 왜 그 시절인지는 모르겠다. 무의식은 그 시절을 내 화양연화(花樣年華)로 기억하고 있는 것인지. 교사의 기억까지 덧대어져 있는 터라, 꿈속에서 선생으로 등장하는 이들 중에 옛 동료들도 섞여 있다. 하여 꿈속에서의 관계가 애매하다. 친근하게 반말을 했다가도, 조금 뒤에는 선생님이라 부르는 상황. 꿈이란 게 그렇듯 엉뚱한 전개이지 않던가.

그러나 무의식에 사무치는 그리움이라고 하기에는, 때로 그 꿈속에서도 나는 그 시간들을 답답해한다. 언제쯤 이 지겨운 학교의 일상으로부터 벗어날 수 있을까 하는 생각으로….

『그로부터 20년 후』에 삽입한 그림인데, 여는 작가님께 부탁을 드려서 내 모교의 어느 교실을 그린 것. 저렇게 뒤쪽으로 창문이 나 있는 교실도 흔한 경우는 아니지 않나? 우리 학교는 'ㄷ' 형태의 양 끝에 걸린 교실들이 저런 풍경이었다. 그리고 3층 끝에 걸려 있던 1학년 1반, 우리 교실의 모습이 저랬다. 복도와 접한 벽에도 창문이 나 있던 구조. 그러니까 그 교실은 3면이 창문이었다.

복도 창문까지 열어젖힌 여름날이면, 천장에서 돌아가는 선풍기 바람과 함께, 책상 위 영어사전의 얇은 페이지들

여는 작가.

인스타그램 @glimyeo

을 넘기던 바람들. 그 회상 속의 순간을 생각하면, 가끔씩 왜 눈물이 나는지 모르겠다. 도대체 그곳에 무엇을 두고 왔길래 이렇게까지. 그렇다고 남들보다 특별한 학창시절이었던 것도 아니었는데, 다시 돌아간다 한들 지겨운 일상의 연속일 뿐일 텐데.

재미있는 사실 하나. 교생실습을 나갔던 시기에 내가 부담임을 했던 교실이기도 했다는 거. 이젠 그도 너무 멀어져 버린 어느 5월의 기억. 몇 년 전에 교정 전체가 리모델링이 되면서 이제는 더 이상 볼 수 없는 풍경들. 그래서 여작가님께 부탁을 드려 책에 실었던 것이기도 하다. 그림 안의 창밖 풍경은 실제와는 다르다. 나도 교실의 모습에만 신경을 썼었지, 창밖의 풍경까지는 미처 생각지 못했다. 그런데 작가님의 상상대로 그려 넣은 풍경이 더 예쁜 것 같다. 원래대로라면 내가 기대고 있는 창가로는 체육관이 보여야 한다.

1학년이던 해의 어느 봄날. 축제를 며칠 앞두고서, 체육관에서는 밴드 동아리의 연습이 한창이었다. 야간 자율학습 시간 내내 '해야 떠라'라는 가사가, 가뜩이나 창문도 많은 1학년 1반 교실로 들이치고 있었다. 지금보다는 학교의 풍토도 권위적인 시절이었는데, 또 그 시절에는 교사나 학생이나 이런 소음 정도는 서로 양해하는 분위기였다. 축제 기간이라서 그러려니 하며…. 그런 시대적 톨로런스는 관계의 양상이기도 했고, 관심의 양상이기도 했던 것 같다. 80년대 초반의 곡을 부르는 고등학교 밴드가 있었을 만큼, 콘텐츠의 유통기한도 지금보다는 길었고….

레트로를 돌아보는 정서는 꼭 나이의 문제인 것만도 아니다. 나보다 더 윗세대가 청춘으로 살았던 시대는 뭔가가 더 풍요로웠던 것 같은 느낌. 물론 개인의 역사성으로 돌아보는 순간들은 더더욱 짙은 낭만처럼 느껴지고…. 지금보다는 더 행복했던 것 같은 미화와 왜곡의 회상 속으로, 기억 저편에서 들려오는 듯한 그 시절의 「해야」. 해~야 떠~라!

여름 안에서, 「슬램덩크」

지금 생각하면 참 미친 짓이었다 싶을 정도로, 그 시절에는 왜 그토록 농구에 빠져 있었는지. 가끔씩 그 시절 농구대 아래에서 쐬고 있던 뙤약볕의 조도가 기억날 때가 있다. 요즘 들어선 왜 영화 제목을 「이터널 선샤인」으로, 「햇빛 쏟아지던 날들」로 지었는지가 이해되기도 한다. 모든 것이 변해 가도, 여전히 변하지 않는, 아니 영원히 변하지 않을 풍경 중 하나. 그 시절과 같은 조도로 쏟아지고 있는 햇살 안에서, 기억 속의 조도를 쐬며 걸어가고 있는 듯한 때가 있다.

이렇듯 작렬하는 여름 햇살 아래서도 농구를 했던 거다. 그땐 뭐가 그토록 즐거워서, 과도한 자외선과 비타민D 사이에서 노상 '왼손은 거들 뿐'이었던 것인지. 내 또래들에게 농구는 참 기이한 현상이었다. 농구 때문에 삼수를 하게 될 운명이란 사실을 아직은 모르고 있던 녀석이나, 전교에서 1등을 하는 녀석이나, 쉬는 시간마다 운동장으로 끼질러 나와 미끄덩거리는 살을 맞대고서 흙먼지를 뒤집어쓰며 드리볼을 해대던….

결코 농구선수가 되려고 열심히 했던 것은 아닌데, 그렇다고 대학 진학에 가산점이 부여되는 것도 아니었는데, 그런 비목적적인 행복을 농구를 통해 경험한 X, Y, N세대가 아니었을까? 하여 오랜 세월이 지난 후에 다시 돌아보는 「슬램덩크」의 추억이 특별한 건, 단지 그 만화책 안에만 들어 있는 것이 아니다.

“아름다움이 주는 기쁨 때문에만 아름다움을 좋아하는 것은 결코 결실이 풍부한 사랑의 방식이 아니다. 행복을 행복 자체로서 추구한들 권태밖에 얻지 못해 그것을 찾아내려면 그 밖의 것을 찾아내야 하듯, 심미적인 기쁨이란 우리가 아름다움 그 자체 때문에 뭔가 우리들 바깥에 존재하는 현실적인 것, 그것이 우리에게 주는 기쁨보다 훨씬 더 중요한 뭔가로서 추구하였을 때에 덤으로 주어지는 것이다.”

존 러스킨이 프루스트에 관해 쓴 글의 일부. 내게 프루스트의 『잃어버린 시간을 찾아서』를 이해하는 방식은, 당시 「슬램덩크」를 연재한 만화주간지가 놓여 있던 교실의 풍경을 통해서이다. 반 아이들이 모두 돌려 본 후엔 아무도 가져가지 않는, 교실 뒤 사물함 위에 덩그러니 놓여 있던 저번 주의 이야기. 열린 창문 틈으로 불어와 만화책의 페이지를 넘기던 그 여름의 바람, 그것이 놓인 사물함 위로 기우는 창문틀의 그림자와 그 여름의 노을빛. 그 풍경들까지가 내겐 「슬램덩크」의 추억이다. 그 자체로도 기쁨이었지만, 그것을 둘러싼 '바깥'의 현실에서 찾아낸 심미적 가치로 써내리는, 잃어버린 시간에 관한 이야기들.

아직 우린 젊기에, 괜찮은 미래가 있기에

서태지와 아이들이 신화를 써내리던 시기 내내 걸려 있었던 학창시절. 그 이름처럼 선풍이었던 '회오리 춤'만큼이나 유행이었던, 「컴백홈」의 전주 부분에서 양현석과 이주노가 서로를 스치며 추던 그 동작.

한번은 그런 일이 있었다. 한 친구가 「컴백홈」을 흥얼거리며 화장실을 가는 중이었고, 나는 화장실에서 돌아오는 길이었다. 제 흥에 취해 건들대며 걸어오다가 복도 한가운데서 나와 눈이 마주친 친구는, 뜬금없이 두 팔로 원을 만들어 내게 다가선다. '아우~ 저 병신!'이라며 친구를 타박하면서도, 반사적으로 그 원 속에 몸을 우겨 넣었다. 그 정도로 체화가 되어 있었던, 적어도 우리 학교에서는 그런 시대정신이었다.

요즘 어린 친구들은, 혹은 나보다 연배가 많은 분들은, 이게 다 무슨 소리인가 싶을 게다. 왜 특정 세대에게만 통용되는 코드 같은 것들이 있지 않던가. 나이가 들면서 이런 시대정신들은 사라져 가고, 어릴 적에는 그토록 싫어했던 어른들의 코드로 포획된다. 더 이상은 굳이 '우리 세대'라는 변별을 필요로 하지 않는, '라떼는'을 입에 달고 사는 어른.

아직 우린 젊기에, 괜찮은 미래가 있기에

젊다고 표현하기도 뭣했던 학창시절. 그 시절에 생각했던, 저 가사 속의 미래는 정확히 언제였을까? 그때는 막연한 내일인 줄 알았는데, 이젠 아득한 어제로 속절없이 멀어져 간다. 회상으로 되짚어 보는 시간들 사이로, 아직 도래하지 않은, 그 시절에 꿈꾸었던 미래가 여전히 공백으로 남아 있기도 하고….

그 시절에는 앞구절이 사실이었고 뒷구절은 믿음이었다. 반드시 괜찮은 미래가 다가올 것이라는…. 그 미래를 진즉에 지나쳐 버린 지금에서는 오로지 앞구절을 향해 있는 소망이다. 우린 아직 젊다는….

길 위에서 만난 순간

나의 글 속에 가장 많이 등장하는 단어는 아마도 '순간', 하루 안에 수많은 순간들이 존재한다. 하루를 살아내는 것보다 순간을 살아가고 싶다. 찰나와 순간, 그 미세한 흔적들이 나와 내 삶을 엮어 간다.

— 최새봄, 『일곱 번의 봄』 중

『순간을 바라보는 방법』이라는 책 제목으로 집어넣었을 정도로, 내게서도 많이 사용되는 단어 '순간'. 언제고 어느 저자분이 했던 말, 내가 '미학', '미적'이란 단어와 말줄임표를 많이 쓰더란다. 합치면, 완성된 문장으로는 형용하기 어려운, '순간의 미학' 혹은 '미적 순간'이 되는 걸까?

자주 활용하는 문구이기도 한 '매 순간을 산다'는, 예전에 이현도의 미니홈피 프로필에 적혀 있던 것이다. 꽤 멋있게 느껴졌던지, 여전히 기억하고 있는, 내게 있어선 그에 대한 두 번째 '순간'이기도 하다. 우리 또래들이 공유하고 있는 센세이션의 기억이기에, 나도 서태지부터 좋아한 경우다. 그리고 Deux를, 그저 당시에 우후죽순으로 등장했던 여러 팀들 중 하나로 생각했었다. 그럼에도…

순간순간이 나에겐 힘들어

지금에서 돌아보면 별 것 아닌데, 그때는 「나를 돌아봐」에서의 '순간순간'이라는 표현이 왜 그렇게 멋있게 느껴졌는지 모르겠다. 그러던 어느 날 학교 교문 앞에 좌판을 벌인, 당시에는 '길보드'라 불리며 묵인되던 불법복제 테이프로 Deux 2집을 사면서 내 인생이 꼬이기 시작한다.

느낄 수 있는 건
나의 힘든 거친 숨소리 하나일 뿐

'길보드'의 반응이 음반시장의 바로미터이기도 했던 시절, 거리에 흐르는 음악들 사이에서 우연히라도 「우리는」

의 이 가사를 마주칠 일이 있으면, 잠깐 멈춰 서서 귀를 기울이곤 했다. 그 멜로디와 가사를 무척 좋아하긴 했으나, 이때까진 아직 듀스의 음반을 사지 않았었다.

급식이 시행되던 시절은 아니었지만, 내가 다닌 고등학교의 매점에서는 카레와 짜장 중 하나를 택할 수 있는 간소한 식판밥을 팔았다. 맞벌이 가정의 자녀였던 나는, 도시락 대신 그 1000원의 식판을 자주 애용하는 학생이었다. 친구가 쏜 생일 턱에 돈 1000원이 굳었던 어느 날, 학교 정문 앞에서 좌판을 벌이고 있던 '삐짜' 테이프들. 주머니 속의 꼬깃꼬깃 접혀져 있던 1000원과 맞바꾼 음악이 듀스 2집이었다. 아직 내겐 그렇게 겨우겨우 살 정도의 가치였다.

그러나 그날 밤 내 고막을 통과한 모든 트랙은, 내게서 듀스라는 팀 자체가 재평가된 '순간순간'이었다. 그리고 테이프의 B면 후반에서 다시 마주한 「우리는」에서 '느낄 수 있는 건' 나의 '거친 숨소리 하나일 뿐'이었다. 자켓 전반을 채우고 있는 '이현도 작사/작곡'이란 설명에, 그때까지만 해도 나의 바깥에 있던 이현도는 내 안에서 최고의 뮤지션이 되었다. 이후 나는 서태지를 잊었다. 그리고 고등학교 시절 내내 듀시스트로서의 일상을 살아가게 된다.

순전히 내 기준이지만, 이전에도 가사까지 잘 쓴다고 생각되는 뮤지션들을 좋아했는데, 이현도가 특별했던 건, 이 뮤지션으로 인해 내게서 행위가 시작되었기 때문이다. '덤핑 백화점'이란 곳에 가서 키보드를 샀다. '가사'랍시고 교과서 여백마다 끄적거리기 시작한 글귀들, 공부를 잘했을 리가 있나. 그러나 그 시절의 토대로 지금까지 버티고 있는 것. 내 글쓰기의 근간은 들뢰즈도 프루스트도 아니다. 내게서 차별화되는 무엇이 있다면, 아마 그 영향일 게다.

이현도가 음악을 담당했다면, 김성재는 Duex와 관련된 모든 것들을 디자인했다. 또 그 김성재의 미학이 멋있었던지, 당시 수능 점수가 특차 제도 퍼센테이지에 겨우겨우 걸려서 경희대를 의상과로 지원했었다. 세 개의 강의실을 대기실로 썼는데, 내가 대기하고 있던 강의실에서는 나만 남자였다. 거기 붙었으면 지금쯤 부띠끄를 운영하고 있었을지도 모를 일. 이름도 '파비앙 민' 이런 식으로…. 어찌 됐건 현재까지도 영향을 미치고 있는 내 인생의 결정적 순간.

「데드풀2」의 쿠키 영상에서, 시간을 거슬러 올라가, 그 결정이 흑역사의 이력으로 이어진다는 사실을 모르고서 그것을 선택하고 있는 과거의 자신을 죽이는 장면에 빗대자면…, 내가 나의 지금을 후회한다면, 시간을 거슬러 올라가 저 날의 나를 죽여야 한다. 그런데 이런저런 사건들과 마주치지 않았던들, 어차피 내가 열심히 공부해서 판검사가 됐을 것 같진 않거든. 저 날이 있었기에 이렇게라도 살아가는 오늘인지도 모르는 일이고….

사랑 그대로의 사랑

고등학교 1학년이던 해의 어느 날, 독서실에서. 승합차 운행까지 남아 있는 시간을 죽이려, 옆자리에서 디비 자고 있는 친구의 카세트를 빌렸다. 맞추어져 있던 주파수 그대로를 귀에 꽂자 들려온 것은, 당시에도 라디오에서는 재치 있는 입담을 자랑하던 윤종신 특유의 화법과 너무도 해맑은 유영석 특유의 웃음. 도대체 둘이서 뭔 이야기를 하느냐 저렇게 재밌어 하는 걸까 싶어 그 주파수를 계속 듣고 앉아 있었다. 그리고 그날 이후로도 계속 들을 수밖에 없었던, 내 인생에서 유일하게 청취했던 라디오 프로그램.

사촌 누나들이 워낙 '푸른하늘'을 좋아했던 터, 유영석의 목소리는 익히 알고 있었다. 그러나 당시 이미 듀시스트의 일원으로서, 힙합에 미쳐 있던 내게 그 동화적인 감성이 들려올 리 있었겠나? 그런 나를 유영석에게 빠지게 한 순간은, 엔딩 멘트의 배경음악으로 깔리던 「사랑 그대로의 사랑」이었다. 아득함으로부터 밀려왔다가 가득함을 남겨 두고 멀어져 가는 느낌이랄까?

언제나 기억하고 있다. 독서실 어둠 속에서 밀려오던 그 파도를…. 가끔씩 찾아 들어 보는 「사랑 그대로의 사랑」의 마지막 부분에는 여전히 가슴이 먹먹해져 온다. 왜 말로 표현할 수 없는 그런 기분들이 있지 않던가. 그 어떤 화려한 수사를 빌려 봐도 한참이나 모자란…. 아마 그날의 심정을 언어로 표현할 수 있을 어느 날을 위해, 이렇게 쓰고 또 쓰고 있는지도 모르겠다. 어쩌면 영원히 닿지 못할 수도 있겠지만….

아내 되시는 분을 위해 청혼곡으로 만들었다는, 내 인생을 바꾸어 놓은 음악 중에 하나. 지극히 개인적인 기준이기도 한데, 라디오 시그널 음악에 맞춰 DJ가 읽어 내리는 오프닝과 클로징이 가장 훌륭한 문학 같다. 글 또한, BGM 사이로 번지는 감성적인 내레이션처럼 '들리는' 것들을 좋아한다. 내겐 그런 글들이 가장 우아하게 들려온다.

우리 모두 여기에

아직도 기억 속에 선명한 학창시절의 어느 날, 나는 어느 여자고등학교 축제 일정 중 '문학의 밤' 행사에 참석하고 있었다. 그렇다고 내가 교지편집부였던 것도 아닌데, 초등학교 동창 녀석의 성화에 못 이겨, 또한 남학교만 다녀본 터라 여학교를 구경해 볼 심사로 반 친구들과 함께 들러 봤던 것. 그해의 그녀들이 내건 슬로건은 「우리 모두 여기에」라는 유영석의 노래 제목이었으며, 그 노래가 그 '문학의 밤'의 시그널 음악이기도 했다. 사회자 멘트의 중간중간, 노래는 페이드인과 페이드아웃을 반복하고 있었다.

검은 커튼과 핀 조명. 내 기억으로는 그 장소가 과학실이었다. 기억하려고 했던 건 아닌데, 이 나이가 되도록 잊혀지지도 않는 그날의 풍경이 이 기획으로까지 이어지고 있는 것이기도 하다. 그날 거기에 모여 있던 학생들은 지금은 어디서 어떤 모습으로 나이 들어가고 있을까 하는, 삶에 관한 질문이기도 하고….

모교로 교생실습을 나갔던 한 달 동안, CA활동 시간에는 도서부를 맡았다. 내가 학생이던 시절에도, 이미 학교 도서관의 존재의미가 문학 소년소녀들을 위한 것은 아니었다. 또한 이미 그 이전 세대보다는 '교지'의 의미도 많이 퇴색되어 있었지만, 그런 구색이라도 갖추고 있는 시절이었다. 다른 학교와 서로 교지를 교환하기도 했고….

한 달 있다가 떠나는 교생이 할 수 있는 게 뭐가 있었겠는가? 그냥 도서관 한 켠에 모여 학생들이랑 수다나 떨며 퇴근 시간을 기다리는 것밖에…. 그도 지쳐서 책장에 꽂혀 있던, 연도별 교지를 훑다가 우리 때 발간됐던 것을 집어 들었다. 오랜만에 다시 마주한 낯익은 이름들이 적혀 있는 페이지를 넘기다 보니 감회가 새롭기도…. 조금은 어른이 되어 돌아온 탓이었을까? 다소 유치하기도….

우리 학교 교지 옆으로는 다른 학교의 교지들도 진열되어 있었다. 그건 연도별로 다 갖추어져 있진 않았고, 띄엄띄엄. 그 시간의 간극 사이로, 어느 여학교에서 발간된 어느 해의 이야기가 눈에 들어온다. 그러니까 오래전 그날의

'문학의 밤' 행사를 진행하던 문학 소녀들이 엮은….

학창시절에 지녔던 열망을 접고서, 현실과의 타협 속에서 교생이 되어 돌아온 처지였기에, 그 교지가 꽂혀 있던 풍경이 꽤나 크게 와닿았던 것 같다. 그때 그 '문학의 밤' 행사에 모여 있던 학생들 중에 지금의 나와 같은 심정인 이들도 있겠지, 하는 질문을 함께 펼쳐 본 그해의 이야기.

내 모교는 추억의 공간을 다 허물며 리모델링이 됐는데, 그 여학교는 아예 다른 부지로 이전을 했다. 사라짐에 대한 아쉬움은 그 학교 졸업생들이 더 할 게다. 우리 모두 여기에 있었는데, 이젠 그 시절의 '우리 모두'가 없을뿐더러, 아예 '여기' 자체가 사라진 경우들도 있고…. 이젠 그 모든 것들이 사라지고 없는 시절을 어떻게 살아가고들 있는지.

내게서 사라진 '여기', 한남동 시절의 단국대에서 가끔씩 마주쳤던 초등학교 동창이 있었는데, 그 여학교 졸업생이다. 고등학교도, 대학교도 원래의 자리에서 사라지고, 청운의 꿈을 실어 나르던 경춘선 기차도 사라진 시절. 녀석의 그리움은 더하겠구나!

항상 내 곁에 있었던 낡은 피아노 치며
어둔 밤 환히 빛나게 만들 노래를 부르며 밤 지새네.

유영석의 25살에 발매된 「우리 모두 여기에」의 마지막 가사. 아직도 유영석의 곁에는 낡은 피아노가 있겠지? 그 시절부터 지금까지 내게 남아 있는 건 뭘까? 우리 곁에는 뭐가 남아 있을까? 그래서 그날 '문학의 밤' 행사에 모여 있었던 학생들의 미래가 더욱 궁금한 것인지도 모르겠다.

어느 해 『그로부터 20년 후』와 관련한 북토크에서, 프루스트의 『잃어버린 시간을 찾아서』가 잠깐 언급된 적이 있었다. 내 바로 옆자리에 앉으셨던, 내 연배의 아주머니께서 평소 프루스트에 대해 관심이 있으셨던지…. 소설 속의 마들렌과 같은 기능으로서 내가 사례를 든 것이 유영석의 음악이었다. 내 연배이다 보니 당연히 '푸른 하늘'을 알고 계셨고….

집으로 돌아오는 길에 엉뚱한 상상을 해봤다. 그 시절의 문학 소녀가 나이가 들어 그 아주머니가 된 것은 아닐까 하는…. 그리고 그 '문학의 밤'을 구경하고 있었던 남학생이 지금의 내가 되어 있고…. 그 시절 거기에 있었던 이들이 다시 만난 '우리 모두 여기에'.

학교 담벼락에 두고 온 것들

오랜 세월이 흘렀어도, 그곳으로부터 한 발자국도 걸어 나오지 못한 것 같은, 인생의 어느 순간에 자신을 멈춰 서게 한 듯한 그런 공간들. 친구들과 하릴없이 거닐었던 햇빛 쏟아지던 날들의 그 거리, 그것이 마지막인 줄 모르고 너무 쉽게 너를 보내 주었던 그 골목 모퉁이, 올해는 다를 거라는 기대와 다짐으로 새해 첫 일출을 맞이했던 동해바다, 또 별거 없이 지나간 올해를 정리하러 찾아간 월미도의 어느 조개구이집….

내겐 그런 장소 중에 하나가 고등학교 때 친구를 보내 주었던 영안실이다. 사고의 원인은 음주운전, 새벽에 몰래 엄마차를 끌고 나왔다가 당한 참변이었다. 옆좌석과 뒷좌석에는 그날의 일탈을 함께했던 남학생과 여학생들이 타고 있었다. 명백한 질풍노도의 과실이었지만, 그래도 사람이 죽은 사건인데, 산 자들 사이에서 오간 대화들이 위로와 명복만은 아니었다. 함께 저지른 사건임에도 원망과 후회로 전가된 책임은 죽은 이가 안고 가야 하는 몫이었다.

저마다가 저 잘난 대로, 하고 싶은 대로만 살아가던 어린 무리들에게, 녀석이 죽음을 가르쳐 주고 떠난 날이었다는 생각이 든다. 그렇게 까불고 살다간 자칫 죽을 수도 있다고, 죽음은 그렇게 먼 곳에 있는 것이 아니라고…. 염을 하던 날엔, 친구들에게도 싸늘하게 식은 녀석의 마지막 모습이 공개됐다. 한 놈이 울음을 터트린다. 울음의 연쇄 반응이 나에게까지 이르자, 입을 틀어막고 뒤돌아서 뛰쳐나왔다.

밖으로 나와 마주친 광경은, 녀석의 마지막 모습을 기억에 담고자 하지 않았던 한 친구의 벌건 눈동자였다. 그리고 그 눈동자 뒤로 보이던 한 남자, 아직 영안실 건물 입구로 들어서지 못하고 그 앞에서 담배를 피워 물고 있던 물리선생님. 그 자리에서 선생님을 뵈니까, 참고 있던 눈물이 왈칵 쏟아져 내렸다. 왜였는지는 모르겠다. 선생님을 보고 눈물이 쏟아진 것인지, 눈물이 쏟아지려는 찰나에 마침 선생님이 그 자리에 계셨던 것인지. 모든 학생들에게 무뚝뚝하기만 했던 물리선생님이셨고, 평소 그렇게 친한 사이도 아니었는데…. 그 울음의 와중에도 나는 인사를 했고, 선생님은 지그시 눈을 감으며 고개를 끄덕이신다.

그로부터 10년 뒤, 내가 물리선생님의 입장이 된 어느 날이 있었다. 워낙 학교를 잘 안 나오는 녀석이기도 했고, 또한 학생들에게 충격을 주지 말자는 취지에서 학교는 학생들에게 이 사실을 알리지 않기로 결정했다. 졸업생들에게는 여전히 그저 자퇴생으로 기억되고 있을지도 모른다. 집으로 돌아오는 버스 창가에 기대어 고등학교 때 떠나보낸 그 친구를 떠올렸다. 녀석이 살았던 세월만큼을 한 번 더 산 나이에도, 가끔씩 그 영안실에서 벗어 나오지 못했다는 느낌이 들 때가 있다. 이미 몇 번의 경험이 있는 누군가의 죽음이건만, 누군가를 떠나보낸 첫 경험의 잔상은 이토록 떠나가질 않는다.

"나 왔다. 그동안 잘 있었냐?"

소설의 한 장면처럼 혹은 영화의 한 장면처럼, 다시 찾아와 들려주고 싶었던 말. 내가 이루고자 했던 꿈을 이룬 뒤, 이렇게 멋진 어른이 되어 돌아왔다는 사실과 더불어…. 그런데 막상 어른이 되어서는 꿈은커녕 다시 찾아가겠다는 다짐도 잊고 살아가는 중이었다. 물론 나의 미래가 그다지 멋진 어른도 아니었고….

영원히 18살에서 멈춰서 있는 녀석의 얼굴, 다시 만나게 되는 날엔 우리들만 너무 늙어 있겠지? 후까시 가득한 똥폼의 매무새로 기대어 있었던 학교 담벼락에 두고 온 많은 기억들을, 어른의 시간으로 떠나온 뒤로는 잘 돌아보지 않았던 것 같다. 다시 그것들을 찾으러 가는 길, 이런저런 기획을 거쳐, 다시 녀석과 함께 했던 날들에 닿아 가고 있다.

"나 왔다. 그동안 잘 있었냐?"

2. 젊은 날엔 젊음을 모르고

람바다(Lambada), 소년은 늙기 쉽고

학부 시절의 어느 날. 예법에 깐깐하기로 소문난 교수님의 한문 문법 수업을 듣고 있는 중이었다. 어느 언어인들 문법 수업이 재미있겠냐만, 지금의 시대에는 사용하지 않는 고어의 문법은 더욱 지루하다. 강의실 가득 내려앉은 그 무료함의 공기에 환기의 필요성을 깨닫고 있던 찰나, 어디선가 들려온 경쾌함은 16화음 편곡의 람바다였다.

칠판에 적힌 소동파의 「적벽부」 한 구절 위로 작렬하던 라틴의 열정, 이 눈치 없는 신명의 진원지는 내 휴대폰이었다. 진동으로의 전환을 깜빡하고 있었던, 그렇다고 전화가 자주 오는 편도 아니었던 내 전화기가 하필 그 순간에…. 서둘러 끄고 싶었지만, 허둥지둥할수록 의지의 방향과는 하염없이 멀어지는 순간들이 있지 않던가. 결국엔 배터리를 분리해 내고서야 그 슬픈 람바다가 멈추었다.

관심의 채널이 「유머 1번지」에서 「가요 톱10」으로 옮겨지고 있던 초등학교 고학년 시절에, 전 세계는 그야말로 람바다 열풍이었다. 한동안 그리고 꽤 오랫동안, 나의 핸드폰 벨소리는 「람바다」였다. 특히나 전주부분의 멜로디를 무척 좋아했다. 그 경쾌한 리듬과 춤사위를 처음 보고 들었던 순간, 내게 밀려든 감정은 이상하리만치 슬픈 것이었다. 원곡도 원래는 느린 템포란다. 한참의 세월이 흘러, 한문 문법 시간에조차 내게 슬픔의 정서로 다가왔던 「람바다」. 지금의 내가 이 추억의 음악과 더불어 떠올리는 글귀가 카리브해의 정열에 관한 것은 아니다. '소년은 늙기 쉽고'라던 주자(朱子)의 서글픔이다.

퇴폐적이란 이유로 금기가 되기도 했었던 춤은, 동심을 내세운 뮤직비디오 안에서도 꽤나 야릇하다. 관능의 원심력으로 돌아가는 치맛자락 아래로 드러나는 팬티에 설레던 나이에도, 전주 부분의 반도네온은 어찌나 구슬프던지. 그 정도의 노출쯤엔 무덤덤한 나이가 되어서는, 오롯이 전념하는 반도네온 전주가 더욱 구슬프다. 그 시절처럼 내리쬐는 여름 햇살과 그 시절처럼 불어오는 더운 바람은 여전한데, '아무도 바라보지 않는 것처럼' 춤추던 젊음은 온데

간데없고, 제 주인을 잃은 「람바다」 선율만이 바닷가에서 홀로 외로운 느낌.

몇 년 전에 찾아간 대학교 행사 뒤풀이에서, 오랜만에 그 문법 교수님을 다시 뵈었었다. 이 교수님의 특기는 당신은 술 한 잔으로 계속 입을 축이면서, 학생들에겐 계속 건배를 권하는 것. 이제와 생각해 보면, 술자리에서까지 예법에 관한 일장 연설을 늘어놓는 중간중간에, 학생들의 긴장을 풀어 주고자 한 나름의 배려였던 것 같다. 물론 학생 입장에선 연설도 건배도, 그 어떤 것도 부담이지만….

그날도 신입생들 불편하게 술자리 가운데 앉아 주도(酒道)에 관한 연설을 늘어놓고 있던 담당 교수. 그 꼰대로부터 후배들을 자유롭게 해주고자 내가 대신 십자가를 짊어지고 말동무를 해드렸다.

"선생님도 참, 요즘도 이러셔?"

"야! 내가 뭘? (테이블에 널린 술잔들을 가리키며) 너 그거 다 마셔!"

학부 때는 그렇게 불편하던 교수님도, 졸업하고 난 뒤에 다시 찾아가 뵈면 또 그렇게 애틋할 수가 없다. 이젠 얼레벌레 반발을 섞을 수 있을 정도로 그다지 어려운 상대도 아니고, 선생님도 옛날 학번들이 더 편한가 보다.

대화 도중에 알게 된 사실. 어느덧 교수님에게도 정년퇴직의 시기가 다가왔고, 바로 다음 학기가 마지막이었다. 교수님들과의 대화가 편해지기 시작한 지가 얼마 되지 않았는데, 그 시절에 강의하던 「적벽부」의 한 구절처럼, 내 기억 속 16화음의 슬픈 람바다와 함께, 다른 미래로 떠날 차비를 하고 있었다. 언제 돌아와도 그 자리에서 여전히 「적벽부」의 한 구절을 늘어놓고 있을 것만 같았던 꼰대의 표상이…. 하긴 나 역시도 언제나 그 자리에 머물러 있는 건 아니겠지? 언젠가는 최신의 문법이었던 람바다와 16화음이, 그 시절의 청춘들과 함께 고전과 레트로의 카테고리로 밀려나듯.

대동제와 주점

지금에서 돌아보면 별것도 아닌 지식인데, 처음 전공을 들어가던 시기에는 '한문학개론' 수업이 그렇게 어려울 수가 없었다. 우리 과 선배이기도 한 젊은 강사분께서 이 수업을 맡으셨는데, 사람을 어찌나 괴롭히던지. 이 양반에게 내가 가장 많이 들었던 말이 '니가 그렇지 뭐!'이다. 나 같은 스타일은 밟아야 큰다고…. 성장판은 이미 중학교 때 닫혔는데, 젊은 강사에게 매번 성장 없이 밟히기만 한….

어느 해의 대동제 기간. 우리 과 주점에서 함께 술을 마시다가, 내 특유의 꼬장으로 강사의 노래를 부추겼다. 한참을 꼬장에 시달리다가, 그냥 한 번의 극약처방으로 끝내겠다는 심사였는지, 강사는 갑자기 테이블로 올라가서 춤을 춘다. 아니 뭘 그렇게까지나…. 당시만 해도 카메라가 달린 핸드폰이 아직 보급형은 아니던 시절, 그래도 축제의 이모저모를 담으려 필름 카메라를 들고 왔던 후배 놈 하나가 용케 그 결정적 순간을 포착했다. 순간 쾌재를 질렀다. 그리고 시작된 학점 협상.

우리 쪽의 요구사항은, 'A를 달라. 아니면 이 사진을 인화해서 학관에 뿌려 버리겠다'였다. 한문학개론 담당 강사가 침착하게 대답하길,

"그냥 같이 죽자!"

예상치 못한 반응에 나 또한 침착하게 대응하고 싶었다.

"선생님, 그게 아니라요…."

결국 C+ 나왔다. 내가 그래도 참았던 이유는 사진을 찍었던 놈은 D 나왔다. 물론 그 사진이 학점에 어떤 영향을 미쳤겠냐만, 그냥 우리 세대의 낭만으로 돌아보는 추억. 그 강사는 내가 졸업한 얼마 후에 전임교수가 된다. 단국대 은사이신 김우정 교수님과 있었던 그때 그 시절의 이야기. 졸업 후에도 가끔씩 뵙는 사이이긴 한데, 이제는 서로가 그렇게까지 무람없이 대하지는 않으면서도, 아직까지도 교수는 은근히 갈구고 제자는 은근히 개긴다. 그런 것 보면 관계라는 게, 처음 맺어진 시절의 분위기가 그대로 이어지는 체계다. 마흔이 넘은 내게 여전히, "니가 그렇지 뭐!"

알갱이 방향제

정확한 명칭은 모르겠는데, 초등학교 때 여자 아이들이 많이 가지고 다니던, 작은 유리병 속에 향기 나는 알갱이가 채워져 있던 방향제. 하여튼 대학교 때 저걸 사야 할 일이 있었다. 유리병에 두루마리 편지가 들어 있는 디자인으로…. 학관 문구점에는 없었다. 선물가게에 진열된 것들을 본 듯한 학창시절의 어렴풋한 기억으로 대학교 주변을 탐문하고서 깨달은 사실은, 시대가 변하면서 사라져 가는 풍경들 중 하나가 동네마다 하나씩은 있었던 선물가게였다는 것.

그래서 동대문 문구거리를 뒤진 끝에야 찾아냈다. 그게 뭐라고, 왜 그런 수고를 했냐고? 마음에 두고 있던 후배 녀석에게 주려고…. 정확히 기억이 나진 않는데, 아무튼 내가 저걸 구해다 주면 꽤 감동인 상황이었다. 동대문에서 다시 학교로 돌아와, 마침 정문을 나서고 있는 후배 녀석과 마주쳤다. 오는 길에 우연히 근처에서 샀다는 듯, 무심히 그 작은 병을 건네며 멋지게 돌아서는 선배의 모습. 실상 감동은 내 몫이었다.

혹시나 유리병에 말려 들어간 작은 종이를 펼쳐 보지 않을까 하는 생각에, 동대문에서 구매할 때 아예 내 마음을 적어 넣은 채로 밀봉을 했다. 그녀는 방향제 안에 들어 있던 글을 읽어 봤을까? 나도 물어보진 않았고, 그녀도 말하진 않았고, 이제와 생각해 보니 서로 붙어 다니는 사이가 된 이후에도 그녀는 물어보지 않았고 나는 말하지 않았다.

내가 적어 놓은 글귀는, "뭘 봐? 고백이라도 들어 있을 줄 알고?"였다. 실상 고백이었다. 여자 후배들에게 살갑지 못했던 남자 선배가 할 수 있었던 최선의 표현. 그 작은 유리병이 얼마나 하겠는가? 하지만 고작 그 한순간의 무심함을 표현하려고, 그 몇 푼짜리 방향제를 찾아 동대문 이곳저곳을…. 녀석은 영원히 모를 일, 내가 이야기를 안 했으니까. 뭐 일부러 안 한 건 아니고, 어쩌다 보니 딱히 굳이 이 이야기를 할 기회가 없었다.

왜 그럴 때가 있잖아. 이 느낌 뭔지 알겠는데, 저 새끼 왜 빨리 고백 안 하고 저렇게 내 주위에서 수선만 떨고 있는지 모르겠는…. 그런데 그 새끼는 당신 눈에 보이지 않는 곳에서도 엄청 수선을 떨고 다녔다는 거. 당신이 생각하는 것보다 더 많이 당신을 좋아했고, 당신이 상상하는 이상으로 힘들어했고, 당신 앞에서와는 달리 많이 아파했다는 거. 그리고 편치 않은 마음으로 당신의 결혼 소식도 전해 들었었다는 거.

번지점프를 하다

「번지점프를 하다」의 제목은, 영화 속에서 이은주의 죽음을 암시하는, 또한 결말을 미리 준비하고 있던 복선이다. 나는 그녀를 실물로 본 적이 있다. 학부 시절에, 사범대 매점에서…. 연극영화과가 한양대, 중앙대, 동국대, 단국대, 서울예전으로 대변되던 시절이 있었다. 2000년대에 들어서면서 각 대학들은 연극영화과와 그 관련학과들을 경쟁하듯 신설하기 시작했다. 죽전 캠퍼스로의 이전 발표 이후 학교 이미지가 줄곧 하락세였던 단국대도, 이미지 고양을 위해 많은 연예인들을 상대로 입학 홍보의 열을 올렸었다.

복학을 했더니, 천안 캠퍼스의 연극영화과가 서울로 올라와 있었다. 입학원서를 내러 온 지원자들에게 커피와 과자를 나누어 주기 위해 재학생들이 설치한 천막. 우리 과

옆이 연극영화과였고, 후배들을 독려하러 하지원이 나와 있었다. 그런 풍경이 별로 신기하지 않을 정도로, 하여튼 한남동 캠퍼스에서는 발에 채이는 게 연예인이었던 시기. 물론 바쁜 연예인들이야 학교에 잘 나오진 않았지만, 얼굴이 익다 싶은 연예인들이 다른 과 학생들이랑 3대3 농구를 하고 있던 캠퍼스의 일상. 어느 해에는 GOD의 데니 안과 손호영이 입학을 했다. 단국대 축제에 그렇게까지 사람이 많이 모인 해도 없었다. 한남동이 온통 하늘색 풍선이었던….

이미 이전 준비를 하고 있었던 대학이, 연극영화과가 올라왔다고 한들 그들에게 건물을 따로 마련해 줄 여건도 아니었다. 내가 알기론 대학원 건물을 함께 사용했었나 그랬다. 사범대 건물에서도 교양 수업을 많이 하는 편이라, 사범대 입구에서 연예인들을 마주치는 경우가 흔했다. 그리고 어느 날엔 사범대 매점에서 이은주를 맞닥뜨렸다.

내 여자 동기들이 유독 매점 이모와 친하게 지내는 사이였던 터라, 남자 동기들도 복학해서 가끔씩 이모 대신 매점을 보는 친분이었다. 잠깐 매점을 보고 있던 사이, 생수를 사러 내려온 이은주를 정면으로 마주했었다. 키가 꽤 큰 편이었지만, 큰 키가 아니었더라도 우러러볼 정도로, 실물이

굉장히 예뻤다. 우아하다는 표현이 더 적절했는지도 모르겠다. 발에 채이는 게 연예인이던 상황에서도, 그녀만큼은 정말 연예인 같았다.

돌아보니 아직은 대표작이 「번지점프를 하다」였던 시절, 그런데도 그 아우라가 어찌나 눈부시던지. 어찌 해볼 사이도 아니었건만, 순간적으로 지금 내 헤어스타일이 괜찮은지, 목소리가 괜찮은 톤인지를 신경 쓰고 있었다. 왜 그런 경우가 있지 않던가. 부질없음을 알면서도, 무의식이 그 허황에 속절없이 충실한….

남들이 보기엔 부럽기만 조건들을 지닌 채 살아가는 사람, 그리고 보통의 존재들은 평생 가도 경험하지 못할 대중의 사랑, 그러나 타인들은 알 수 없는 근심과 고민에 허덕이다가 포기하는 삶. '나 같은 인생도 사는데' 라며 번뇌의 경중을 따질 일도 아니고, 다른 누가 무슨 말을 누군가의 삶에 던질 일도 아니겠지만, 직접 맞닥뜨린 기억이 있다 보니, 그렇게 스러져 간 아름다움이 아깝기도 하다. 영화의 설정을 따라가 본다면, 번지점프대에서 뛰어내린 그녀는 누구로 다시 태어났을까?

I want it that way

지금도 마찬가지겠지만, 우리 때도 4학년 1학기 안으로 거의 모든 전공과목을 이수한 상태에서, 마지막 학기는 취업 공부에 매진했다. 그 시기에 시수를 채울 요량으로 교양과목 하나를 야간학부 수업으로 들었었다. 대중문화에 관한 수업이었는데, 강사분께서 임진모와 같은 직업군이셨던 것 같다. 그 지긋한 나이에도 엔싱크 음악과 음반 산업에 대한 문화비평을….

엔싱크는 또 언제적 엔싱크라니? 언제고 청춘의 표상이었던 콘텐츠는, 언젠가는 비청춘의 연식을 증명하고야 만다. 지나간 날들에 관한 이야기를 적어 내릴 때마다, 어린 친구들에게는 어떻게 들릴까가 염려되기도 한다. 들국화와 산울림을 추억하는 이전 세대에게 내가 느꼈던 기분과 별반 다르지 않겠지? 하여튼 그 수업 첫 시간에 엔싱크가 음반판매에 관한 기네스 기록을 지니고 있다는 사실을 처음 알게 됐다. 한국 가요의 황금기를 학창시절로 보냈던 터라, 우리 또래는 이전 세대에 비해 '팝송'에는 관심이 덜했던 편이다. 기네스 기록에 대한 정보도 김건모에서 멈춰 있다.

중간고사는 없었고, 기말고사도 레포트로 대신했었다. 일부러 야간학부 수업을 들은 이유이기도 했다. 태반이 직장인들이다 보니, 다소 널널하다는 인식이 있었던 터. 그런데 이 수업이 꽤 재미있었다. 학창시절에 지녔던, 대학에 가면 저런 공부를 하는 건 줄 알았던 이상. 그 순진한 표상에 가까운 수업을 대학 생활의 마지막에서야 체험해 보는 것 같았다.

취업을 준비하던, 그 치열하고도 권태로운 시기에 신청한 교양과목 하나가 어찌나 활력소가 되던지. 왜 시험을 앞두고서는 평소엔 관심도 없던 것들로의 작당이 보다 재미있기도 하지 않던가. 그런 심리였을 수도 있었겠지만, 또한 이전까지는 음악으로의 열망을 지니고 있다가 현실과의 타협으로 선회한 경우였기에, 이렇듯 끝물에야 만난 적성에 맞는 수업이 한편으로는 반갑기도, 한편으로는 왜 이제서야 들을 수밖에 없었나 싶어 아쉽기도….

팝송에 대한 관심이 다소 덜한 세대이긴 했지만, 또 거리 곳곳의 상점에서 홍콩 스타 TV를 틀어 놓던 시대이기도 했기에, 많이 들려오다 보니 익숙해지는 외국 음악들이 있었다. 나는 그중에서도 백스트리트 보이즈의 것을 꽤나 좋아했다. 특히나 「I want it that way」는 내 개인사에서 마지막으로 구매해 본 카세트 테이프 앨범이면서, 또한 처음 mp3 플레이어를 장만했을 땐 기기의 사용법을 터득하면서 담았던 목록 중 하나다.

4학년 2학기 마지막 레포트, 카세트 플레이어의 시대를 떠나보낸다는 의미도 함께 담아 선택한 주제는 백인 보이그룹에 대한 문화비평이었다. 뉴 키즈 온 더 블록으로부터 웨스트 라이프까지, 백스트리트 보이즈를 중심으로…. 학부생의 비평이 뭐 그렇게까지 읽을 만한 수준이나 되었겠냐만, 나름 심혈을 기울여 작성한 결과물이었다. 한문 전공자가 대학 생활을 마무리한 마지막 장면은 음악에 관한 글이었다. 그리고 정말로 이게 마지막이라는 생각으로 써내려 갔던 같다. 내가 지녔던 어릴 적 꿈에 관한….

「I want it that way」는 진로로서의 '길'에 관한 이야기는 아니다. 각자의 길을 가야 하는 남녀의 이별 이야기다. 그러나 내 대학생활의 마지막에 읊조려 본 가사는, 내 인생의 방향성에 대한 넋두리였다. 하긴 내 지난 시간들과의 이별 이야기이기도 했다. 오랜 시간동안 너를 사랑해 왔지만, 이제 나는 다른 길로 가길 원한다는….

그로부터 10년 후, 이 노래의 제목은 내게 다른 의미가 되어 돌아왔다. 그리고 노래의 가사는 내게 이전과 다른 말을 건네고 있었다.

가로등 불빛 아래 멀어져 가네

가로등 불빛 아래 멀어져 가네. 그렇게 떠나네.

그대 밤이 머무는 곳에….

「붉은 노을」만큼이나 좋아했던 이문세의 노래, 「밤이 머무는 곳에」의 이 가사를 떠올리게 하는 풍경들. 어느 곳에나 있는 평범한 풍경이거늘, 그 별것 아닌 풍경이 특별한 의미를 지니게 되면, 특히나 이별과 엮인 기억으로 남아 버릴 시에는 그 비슷한 풍경마다에서 정말이지….

4학년 2학기 때, 취업 준비를 하던 졸업반 친구들 중에는, 시간을 아끼려 아예 학교 근처에 잠시 숙소를 정하는 경우가 있었다. 당시에 내가 많이 좋아했던 그 친구도 그런 경우였다. 나야 뭐 원래부터 학교 근처에서 자취를 하고 있었기에, 서로 잠만 다른 곳에서 잤지, 한남동에서 하루종일 붙어 다닐 수 있었던 몇 달. 아침에는 그녀의 모닝콜로 눈을 뜨고, 그녀의 숙소 앞에서 기다렸다가 함께 학교에 가고, 밤에는 그녀의 숙소 앞 가로등 아래에서 또 한참 수다를 떨다가 아쉬운 발길을 돌리곤 했던….

집에서 독립해 살아 본 게 처음이었던 그녀도, 그 몇 달의 생활을 꽤나 재미있어 했다. 나도 멀리까지 데려다주는 수고가 없었고, 핸드폰이 뜨거워지도록 새벽까지 통화하는 일도 없었고, 어느 지나간 여름날부터 초겨울까지의 이야기를 가로등이 다 듣고 있었다. 내가 한남동을 그리워하는 이유에는 여러 가지가 있겠지만, 사랑하는 사람과 밤새 거닐던 동네이기도 해서…. 그럼에도 결국엔 조금 지랄 맞게 헤어진 경우라 지랄 맞은 기억만 남아 있는 줄 알았는데, 또 아련한 추억도 그 사람과 함께 했었구나 하는 생각을 아주 오랜 시간이 지난 후에서야….

내게서 오랫동안 잊혀져 있던 기억을, 풍경들이 대신 기억하는 경우들이 있다. 불어오는 바람결에 실려 있기도, 그 바람에 부대껴 우는 나뭇잎이 털어 내기도, 빗물과 함께 창가로 찾아들기도, 저 담장 뒤에 혹은 저 골목 뒤에 숨겨져 있기도, 어두운 거리의 가로등 아래에서 기다리고 있기도….

밤이 가면 내게로 그렇게 오려나? 그대 마중 나가려네.

참 이상한 일. 서로가 싫어서 헤어진 건데, 막상 헤어진 다음에는 다시 돌아오지 않을까 하는 기대로 그 사람의 자리를 비워 두기도 한다는 것. 온갖 못난 모습을 다 들켜 놓고서, 다시 보지 않을 작정으로 하지 말았어야 할 모진 말까지 다 뱉어 놓고서….

사회로 나오기 전 마지막 인연이었기에, 내심 그 이후의 시간들까지를 고민했던 터, 오랫동안 그녀의 자리를 비워 두었던 것 같다. 그런데 시간에 대한 감각과 단위가 20대와는 다른 지금에서 돌아보면, 또 얼마 되지 않는 기간이었다. 죽을 만큼 아팠는데 한편으로는 잘도 잊어 갔던, 내가 한 사랑이라는 것. 어쩌면 이문세의 노래에 실린 감성에 투영할 수 있는 크기도 무게도 아니었는지 모르겠다.

졸업한 지 얼마 되지 않은 시기에는, 한남동을 들를 일이 있을 때면 가끔씩 그녀가 잠깐 머물렀던 그 집 앞을 찾아가기도 했다. 있을 리 없는데 기대해 보고, 올 리 없는 데 기다려 보기도 하고…. 그녀도 한 번쯤은 그곳을 찾아와 나를 떠올려 봤을까? 그도 몇 년이 지나서는 그 집이 거기 있다는 사실조차 잊고 살았다.

주변이 어두운 탓이겠지만, 가로등 아래로는 모든 것이 선명하다. 내뿜은 담배 연기가 그 아래서만큼 자욱할 때도 없고, 내리는 빗줄기와 흩날리는 눈송이도 그 아래에서 보다 세차거나 평화롭다. 몰려드는 여름 벌레들은 마치 핀 조명 속의 주인공처럼 저 자신의 계절을 알린다.

사랑이란 게 그렇지 않던가. 다른 사람들을 어두운 배경으로, 핀 조명이 비추고 있는 듯한 단 한 사람에 관한 이야기. 한참의 세월이 흘러 그 지랄 맞았던 기억마저 희미해지고 남은 건, 그 가로등 불빛 아래에서 웃고 있었던 날들에 관해서이다. 돌아보니 그 가로등 불빛 아래서는 한 번도 싸운 적이 없었네.

새벽 어둠 속에 그대의 미소 볼 수가 없었네.

돌아가는 모습도

가로등 불빛 아래 멀어져 가네. 그렇게 떠나네.

그대 밤이 머무는 곳에….

개골목의 전설들

학창시절에 친구들과 서울에 올 일이 있으면, 항상 들렀던 곳이 이태원이었다. 유일한 목적은 보세상품을 구매하는 것. 주요 타겟 브랜드는 당대의 필수 아이템인 리바이스 501이었다. 아직은 6호선이 개통되지 않은 시절, 4호선 삼각지역에서 내려서 이태원 버거킹 앞까지 택시를 타고 갔었던 기억. 이젠 그 버거킹도 사라진 시절에, 이런 일화들을 상기하다 보면 내가 정말 옛날 세대라는 사실을 새삼 깨달아 버리곤 한다. 그때까지만 해도 이 동네가 익숙해지리라곤 상상도 해본 적이 없었다. 그러나 몇 년 뒤에 나는 이 근방 한남 2동의 거주자가 된다. 그렇게 이태원을 자주 와봤어도, 바로 옆 동네에 나의 미래가 기다리고 있었을 줄이야.

고등학교 졸업 후 기숙학원에서 1년을 푹 썩은 뒤, 다시 입시원서를 들고서 서울을 찾은 어느 날. 당시 지하철 노선도에는 한남역에 단국대가 병기되어 있지 않았었다. 난 정말이지 옛날 사람이다. 학교 측에 전화를 걸어서 가는 길을 물어볼 법도 했건만, 당시 입시정보 책자에 적혀 있던 '용산구 한남동'이란 주소의 기억만으로, 용산역에서 택시를 잡아탔다. 그 옛날엔 촌놈이기까지 했다.

단국대의 첫인상은 그전까지 내가 그려 왔던 대학과는 거리가 멀었다. 한남대교와 남산터널을 잇는 10차선 도로 옆에 자리 잡은 조그마한 학교. 이 동네가 대학가라는 사실을 알아차릴 만한 부대시설은 아무것도 보이지 않았다. 보이는 것이라곤 대사관, 외국인 아파트, 도시계획이 전혀 고려되지 않은 채 지어진 듯한 상가, 그리고 도로 하나를 경계로 확연한 빈부의 격차를 보여 주는 주택들. 과연 대학의 낭만이란 것이 있을까 싶은, 다소 휑한 분위기를 지닌 서울의 정중앙. 하지만 전혀 서울 같지 않았던 동네. 그토록 대도시의 라이프스타일을 꿈꾸었건만, 여기가 서울이라는 사실을 굳이 남산터널이 증명하고 있었던….

단국대생들에겐 제대로 된 먹자골목 한 블록이 없었다. 그나마 우리가 자주 애용하는, 아니 우리의 전부였던 장소는, 한남오거리에서 한남역으로 가는 골목길에 늘어선 작고 허름한 건물의 식당들이었다. 이 골목의 이름은 '개골목', 골목 입구에서는 두 발로 걸어 들어가지만 골목을 빠져나올 때쯤엔 네 발로 기어 나와야 한다는 심오한 작명 센스. 신촌과 혜화동의 정서는 아니더라도, 이렇게까지 어둡고 으슥할 필요까지야. 과연 이 골목에서 이 술을 마셔야 하는 것인지, 아리랑치기를 해야 하는 것이지가 헷갈리던, 그런 시절이 있었다. 그러나 기꺼이 개가 될 작정으로 골목을 들어서는 단국대생들은 이 골목을 꽤 좋아했다.

우리 과의 단골집은 그 이름도 거룩한 '왕갈비', 마치 70년대를 배경으로 한 드라마에서나 나올 법한 이 식당의 첫인상은 단국대에 대한 그것이나 별반 다를 게 없었다. 하지만 그런 허름함이 깃든 단상이, 지금의 내가 한남동의 모든 것을 그리움으로 상기하는 기점이기도 하다. 이름부터 옛스러운 이 식당은 거의 우리 과의 역사와 궤를 함께 한다. 그리고 그 옛스러운 풍경은 정서로까지 이어졌던 듯하다.

과 창설 이래 늘 단골의 전통이 이어졌기에, 아무것도 모르는 신입생조차도 선배들을 따라 주인 할머니를 '어머님'이라고 불렀다. 우리 과 사람들은 별일이 없으면 항상 이곳에 모였다. 한남역으로 가던 길에 무심코 문을 열어도 항상 선후배들이 있었을 정도. 하도 익숙하고 당연한 공간이다 보니, 가끔씩 일요일 오후에 어머님이 절에서 늦게 돌아오시기라도 하면, 어디로 가야할지를 몰라 닫힌 문 앞에서 우왕좌왕하던 기억도….

어머님은 졸업한 지 꽤 오래된 선배들의 이름까지 모두 기억을 하셨다. 또한 졸업한 선배들도 자주 이곳을 찾아와 우연히 만난 재학생들과 합석을 하기도 했다. 동문 행사에 어머님을 초청하기도 하고, 동문 결혼식에서도 어머님을 뵙는 것은 당연한 일이었다.

내게도 졸업의 시간은 다가왔다. 선배들이 그랬던 것처럼 나 역시 졸업 후에도 꾸준히 이곳을 찾았다. 그러던 어느 날, 오랜 시간을 끌어왔던 학교의 이전 계획이 현실화되면서 단국대는 죽전으로 옮겨 갔다. 학교 건물들이 허물어진 자리에는 고급 아파트촌이 생겨났다. 대학생들의 발길이 끊긴 개골목 역시 존재의미를 상실했다. '왕갈비' 자리에도 새 건물이 들어섰다.

건물이 허물리기 전, 왕갈비의 마지막 영업날. 재학생과 졸업생들이 한데 모여 왕갈비의 마지막 순간을 함께 했다.

"서운하지 않으세요?"

어머님께 넌지시 여쭸다.

"닌 내 나이가 올해 몇 인 줄이나 아나? 나도 이제 좀 쉬어야지."

어머님이 웃으시며 대답하셨다. 하긴 내가 신입생이던 그해에 이미 환갑이 넘으신 나이셨다.

작고 허름한 샷시문 사이로 피어나던 청춘의 이야기들. 늘 똑같은 안주에, 똑같은 사람들과의 기쁨, 슬픔, 반목, 화해의 기억들. 가스불 위에서 끓어 넘치던 닭도리탕 냄새와 함께, 식당 구석구석으로 찌들던 시간의 기록들. 다시 돌아갈 수 없는 시절의 흔적들을 간직하고 있던 공간마저도, 이제 다시 돌아갈 수 없는 시간으로 사라진다.

식당 밖으로 나와 우리를 배웅하는 어머님에게, 우리는 개골목 바닥에 넙죽 엎드려 큰절을 올렸다. 그리고 한 번의 포옹으로 정말로 이제는 마지막이라는 사실을 확인했다. 생각해 보니 우리는 어머님의 성함도 알지 못한다. 우리의 청춘과 함께 한, 경상도 사투리를 쓰시는 인심 좋은 할머니의 성함은, 그냥 '어머님'이었다. 어느 곳에 계시든 건강하셨으면 좋겠다.

가끔씩은 내가 단국대 출신이란 사실이 은근히 좋다. 그렇게 높은 레벨의 대학도 아니고 세련된 대학생활을 한 것도 아니지만, 그렇게 잘나지도 않은 평균의 능력치로 무언가를 이루어 가고 있다는 사실에…. 한남역 막차를 향해, 그 허름하고도 으슥한 골목길을 비틀거리며 내달리던 청춘들의 신화. 혹은 그대만의 전설. 서울의 한 자락에 도리어 희소성으로 펼쳐지던 스토리텔링의 주인공들, 모두 행복하도록! 개골목에 쏟아 냈던 토사물만큼이나….

셀프 계란말이

'개골목'에는 '한남복집'이라는 식당이 있었다. 우리 과의 아지트였던 '왕갈비'의 단점은 공간이 협소하다는 것. 때문에 가끔씩 이 식당을 이용하는 경우가 있었는데, 여기는 계란말이 서비스가 무한리필이었다. 다만 학생들이 셀프로 지져야 했다는 거. 아예 주방에 야채를 썰어 넣은 계란물이 상비되어 있었다. 지겹도록 지져 먹을 것 같지만, 한창 달아오른 술자리 중간에 그걸 지지러 가는 일이 더 지겹다.

지금이야 문화 콘텐츠가 많이 들어섰지만, 그 시절의 한남동은 대학가 치고는 정말 뭐가 없는 동네였다. 그런데 인심 역시 미래지향적이지는 않았던 동네, 적어도 개골목을 사랑했던 단국대생들은 그 후진 동네에서 그 무한의 계란

말이 서비스만큼 행복했다는…. 계란을 지지며 뒤집어 쓴 기름 냄새를 개골목에 흩뜨리며 한남역의 막차를 향해 달려가던 단국대생들, 지금 모두 잘 살고 계신가? 그 계란말이가 뭐라고 행복해하던 시절이 있었는데, 지금은 이 욕심들이 뭐라고 안달하며 닦달하며 시달리며….

외상값의 기억

한남동 시절의 단국대 앞에는 '깐돌이네'라고 부르던 구멍가게가 하나 있었다. 정식 명칭은 아마 '서울미니슈퍼'인가 그랬을 거다. 한남동의 어디인들 그러지 않은 곳이 있었겠냐만, 우리 과의 선후배들은 이 가게 앞에 놓인 파라솔 아래에서도 자주 술을 마셨다. 여기서 술을 먹는 이유는 술집에 가는 것보다 저렴해서였지만, 야외에서 먹는 술이 그렇듯 술집에서보다 더 많은 술을 마시게 된다. 야외다 보니 하교 중이던 우리 과 학생들은 죄다 앉았다가 간다. 결국 술집에서 먹는 것보다 돈이 더 든다.

주인아저씨의 성품이 워낙 좋으셨다. 외상값도 장부에 기재하는 것이 아니라, 그냥 부욱 찢은 종이 박스 조각에 대충 적어서 어딘가에 던져두곤 하셨는데, 외상값을 갚으러 갈 때면 그 종이 박스를 꺼내어 금액을 대조하는 일도 없었다. 그런 믿음이 고마워서라도, 외상값을 오래 미루는 학생들은 없었다.

한남대교와 남산터널을 잇는 10차선 도로 옆에 있던 대학교. 제대로 된 먹자골목 하나 없었던, 도저히 대학교 앞 풍경이라고 믿기 힘든 허름함 속에도, 어떻게 어떤 식으로든 청춘들의 추억은 쓰여지고 있었다. 나는 경희대에서 철학의 베이스가 되는 많은 지식들을 습득했다. 그러나 삶에 관해서는 단국대에서 많은 것을 배웠다. 돌아보면 내 기억 속의 한남동은 착한 사람들만 모여 있는 곳이었다.

내게는 가장 익숙한 서울이었건만, 청춘의 사연들을 뒤덮어 버린 새로운 시간은 낯선 공간으로 변해 간다. 멀어져 버려서라기보단 사라져 버렸기에 더한 그리움인지도 모르겠다. 오늘도 그때처럼 많은 차들이 한남대교과 남산터널을 향해 달려간다. 차창 밖으로 스쳐 가듯 바라보는 누군가에게, 이곳은 그저 변해 가는 서울의 일부일 뿐, 이곳에 언제 대학교가 있었고 우리가 있었고는, 그다지 중요하지도, 기억되지도 않을 것이다.

"응답하라!"

그 시절의 내가 응답하지 않는다. 또 어디서 술에 취해

자고 있는지. 그 시절에도 나를 그렇게 불러 대던 한 선배가 대신 응답한다.

"어디냐? 왕갈비로 와라!"

이젠 왕갈비도 사라지고 없는데, 난 어디로 가야 하는 거지?

오이도의 추억

경기도에 내려가 살 때의 일이다. 학교 정문을 나서려던 순간에 날아온 문자 한 통. 장례식장 위치와 발인 날짜가 찍혔다. 대학 선배의 부모님이 돌아가셨다는 단체 메시지인 줄 알고, 또한 그날 유난히 피곤한 일이 있어서, 다음 날에 들를 생각이었다. 그런데 뭔가 이상하다 싶어서 다시 들여다본 메시지는 그 선배가 사망했다는 의미를 담고 있었다. 측근들에게 전화를 걸어 사실을 확인한 후 서울행 광역버스에 올랐다.

그런데 그 형의 본가가 내가 일하는 학군 근처였다. 그러니까 마음만 먹으면 얼마든지 만날 수 있었던 사이, 그러나 언제 보자 보자 하면서도 결국 그 한 번을 보지 못한 사이. 친했던 형이니 장례식장에서 일찍 오기도 뭣하고 해서,

그 형의 동기들과 밤새 술을 마시려고 했으나, 나는 중간에 쓰러져 잤다. 이윽고 내가 가장 싫어하는 상황이 닥쳐왔다. 술이 덜 깬 상태에서 맞이하는 아침, 그 와중에도 집에 들러 샤워라도 하고 출근을 할 생각으로 지하철에 올랐다. 그리고 나는 그곳이 어디인지 단 한 번도 궁금해 본 적이 없었던, 4호선의 끝 오이도역에서 눈을 떴다.

핸드폰 시계를 보니, 조금 있으면 1교시가 시작될 시간. 먼저 부장님께 전화를 걸어 상황을 보고 드려야 했는데, 보고를 하자니 내가 지금 오이도에 와 있는 이유를 어찌 설명해야 할지, 그 상황 자체가 내 스스로도 웃긴다. 그래서 차마 지금 오이도에 있다고는 말 못 하고, 장례식장에서 밤을 새려다 조금 늦게 일어났다고 둘러댔다.

뭐 처음도 아닌 트러블. 그러나 숱한 반복에도 불구하고 사건이 닥치는 순간은 언제나 낯설고 갑작스럽다.

"10R, X됐다."

읊조리듯 욕을 비워 낸 입가로 담배 한 가치. 그 정도가 많이 저질러 본 자의 여유라면 여유랄까? 오늘은 다행히 1교시 수업은 아니겠다, 어차피 이렇게 된 마당에 '담배 한 대 정도는 괜찮잖아?' 하는 일말의 긍정. 그래도 일말의 양심이 조급함을 느꼈던지, 담배를 다 태우기 전에 지나가던 택시를 잡아 세웠다. 두 도시의 경계를 넘어선 할증과 함께 도착한 학교는, 1교시가 거의 끝나 가고 있었다.

그 이후 우연히라도 다시 지나칠 기회가 있었어야 추억을 떠올리던가 할 텐데, 살면서 오이도를 가본 게 그때가 처음이자 마지막이다. 하긴 술에 취해서 당도했던 모든 종점들이 다 그런 경우다. 우연찮게 가본 길의 끝. 때론 인생도 그렇게 우연히 끝을 맺는다. 그냥 자다가 그렇게 저 너머의 세상으로 건너갔다는 사실 이외에는, 여전히 그 형의 정확한 사인을 알지 못한다.

'살라! 오늘이 마지막인 것처럼….'

멋들어진 수사 이상의 가치로 곱씹어 보는 어떤 순간, 정말 내일 끝날 수도 있는 인생이라는 사실을 확인하는 사건들마다.

인어공주 이야기

나보다 4살이 많은 동기 누나가 있'었'다. 신입생 시절의 내 동기들은, 특히나 7명밖에 없었던 남자 동기들은 이 누나를 중심으로 뭉쳤다. 또 마침 동생들 챙기는 걸 너무도 좋아했던 그녀는 성이 '문'씨라 바로 내 앞의 학번, 나와 가장 먼저 친해졌고 같이 붙어 다니는 시간도 다른 동기들보다는 많았다.

내가 복학을 했을 땐, 이미 졸업을 한 상태였기에 연락을 자주 하는 편은 아니었다. 학원에서 국어 강사를 하면서 가끔씩 학교로 찾아와 저녁을 사주고 가긴 했었는데, 어느 해에 갑자기 한국어를 가르친다며 인도네시아로 건너갔다. 싸이월드의 끝물에, 간간이 미니홈피에 올라오던 그녀의 사진 대부분은 스킨스쿠버. 속으로는 '참 팔자 좋구나!' 하며, 댓글로는 그녀를 '인어공주'라고 불렀었다.

그렇게 해외에서 잘 적응하며 살아가나 했는데, 어느 해 어느 날 어느 동기 녀석으로부터 날아든 문자 한 통.

'언니가 오늘 하늘나라로 갔어.'

이 무슨 생뚱맞은 슬픈 동화인가 싶어서, 바로 전화를 걸어 "에이, 뭐야!" 하며, 짜증부터 내질렀다. 최근까지 그 누나와 가장 친하게 지낸, 같은 동네에 살던 여자 동기 하나만이 투병 사실을 알고 있었다. 나는 귀국한 지도 모르고 있었는데, 1년 동안의 투병 생활을 아무한테도 알리지 않았고, 장례식도 아무한테도 알리지 말아 달라고 부탁했단다.

동기 녀석이 그래도 나한테는 알려야 할 것 같아서, 문자를 보낸 거였단다. 부랴부랴 다른 동기들과 동문들에게 연락을 해서, 내가 그 소식을 처음 접한 순간과 별반 다르지 않은 짜증 섞인 당황스러움을 일일이 전해 들으며 빈소 위치를 알렸다.

담배를 피우지 않는 이가 걸린 폐암. 그만큼 스트레스가 많이 작용하는 경우인가 보다. 이 누나의 성격이 조금 그렇기도 했다. 어떤 일도 자기가 다 챙겨야 직성이 풀리는 성격, 또 그만큼 가슴속에 울화를 많이 안고 살았던가 보다.

그런데 그 누나가 살던 지역이 내가 근무하고 있던 학군이었다. 나 사는 일에 바쁘다는 변명과 핑계를 달고 살아가던 내 근처에서 가까운 사람 하나가 그렇게 죽어 가도록 모르고 있었다.

어떤 글을 읽은 후에 드러누운 침대 맡에서 아주 오랜만에 떠올려 본 인어공주. 또 이럴 때가 아니면 떠올리지 않을 정도로, 나 사는 일에 바빠서 이토록 잊어 간다. 그런 사람이 잠시 나의 곁에 살았다는 걸. 어려서부터 왜 이런 죽음들을 심심치 않게 겪어야 했는지 모르겠다. 분명 내가 어찌할 수 없는 상황이었는데, 왠지 내가 지켜 주지 못한 것 같은, 나의 곁을 스쳐 간 죽음들. 내 나이에 할 소리는 아니겠지만서도, 종국에 가면 삶이 참 별거 없다는 허망함에 대처하는 나의 자세, 그 원인들이기도 하다.

영동고속도로 로드무비

대학 후배 아버님의 장례가 있던 날. 이젠 이럴 때라야 모일 수 있는 대학 선후배들이, 삼척의 한 장례식장에 모였다. 카풀을 할 수 있는 모둠을 정해, 어느 팀은 일산에서, 어느 팀은 분당에서, 어느 팀은 서울에서, 그렇게 각자 가능한 시간대로 장례식장을 향했고, 각자의 시간대로 당도했다.

후배 녀석의 차를 얻어 타고 가느냐, 분당의 KT 본사에서 출발했다. 그 옆에 위치한 계원예고에 관한 이야기로부터 시작된 수다가 삼척에 당도하도록 이어졌다. 영화감독을 꿈꾸며 학교를 때려쳤던, 스무 살 시절부터 나와는 코드가 통했던 후배이다 보니, 스무 살 시절에는 한 번도 상상해 보지 않았던 지금을 살아가는 모습에 대한 회한의 주제로….

마침 「배철수의 음악 캠프」에 맞춰져 있던 라디오 주파수. 우리의 학창시절에도 있었던, 그리고 지금까지 남아 있는 학창시절의 풍경을 들으며, 그 시절과는 사뭇 다른 주파수에 맞춰진 현재에 닿고 있는 시그널들에 관한 해석으로, 한 편의 로드 무비를 찍고 온 느낌.

다시 서울로 돌아오는 길에 내내 들러붙던, 어둠 사이로 내려앉은 새벽 안개. 간간이 지나치는 터널 안에서 되레 시계가 확보되는 아이러니. 어떤 청춘이 적어 내린 일기장은 저런 묘사의 페이지들로 한 권을 이루는지 모르겠다. 아무것도 보이지 않는 짙은 어둠에, 두터운 안개까지. 그것들에 내내 가려져 있던 시간들이 지나가고, 이제 좀 앞이 보이나 싶어서 주위를 두리번거려 보니 터널 속에 들어와 있었다는…. 걷힌 줄 알았더니 갇힌 상황. 그렇게 갈마드는, 안개로 뒤덮인 어둠과 안개가 잠시 물러간 터널을 지나온 시절.

기꺼이 감내하겠다는 의지의 결과는 아니었지만, 차라리 막연하고도 모호한 시간을 지나왔기에, 글을 쓰며 살아가는 지금이 보다 선명할 수 있었던 것 같긴 하다. 그런데 이도 막상 지나오고 나서 드는 생각일 뿐, 정작 지나고 있던 중에는 어느 상황 안에서도 그저 갇혀 있는 느낌밖에는…. 물론 어둠과 안개와 터널이 전부였던 건 아니지만,

유독 그것들이 기억에 많이 남는 청춘의 풍경들. 아프니까 청춘이라는 말을 하고 싶은 건 아닌데, 또 언제 겪어도 겪어야 할 인생의 총량이라면, 일찍 겪는 게 낫지 않을까 하는 상념을 잇대다 보니 어느덧 다시 서울. 그렇게 다시, 각자의 현재로 젊어지고 가는 일상 속으로….

관계와 세계

"형 오기 전까지 우리가 최고 학번이었잖아."

대학교 후배의 아버님이 돌아가셨다는 단체메시지를 받고도, 예약되어 있던 한의원 진료를 받고 가느냐 조금 늦게 도착한 장례식장. 입구에서 마주친, 담배를 피우러 나오고 있던 한 학번 후배들이 한 말. 고로 그날은 내가 최고 학번 선배였다. 이젠 그럴 나이가 됐다.

코로나 시대의 현상, 이젠 장례도 하루만 하는가 보다. 그런데 또 술은 마시는 분위기라서, 오랜만에 만난 후배들 앞에서 빼기도 그렇고 해서…. 점점 교사 생활 못 해먹겠다는 후배들의 이야기를 들어주다가, 아주 오랜만에 거나하게 취해 버린 분위기.

"어우~ 선배는 그대로인 것 같아요."

이제 가보겠다며, 내 자리로 와 인사를 건네던 한 무리의 여후배들. 저런 빈말이야 믿지 않으면서도 기분은 좋았는데, 마스크로 가린 어느 후배의 얼굴이 기억나지 않았다.

"누구였지?"

그녀가 돌아서자, 같은 테이블에 앉아 있는 후배들에게 물었더니, 후배들이 다소 어이없다는 듯.

"소영이."

그제서야 얼굴을 못 알아본 일이 미안해, 막 신발을 신으려던 그녀를 다급하게 부르며,

"야, 김소영, 어딜 가? 일로 안 와!"

내가 4학년이던 해에 신입생으로 들어온 친구인데, 학기 초 매점에서 사발면을 먹고 있는 그녀를 울렸던 적이 있다. 옆 테이블에서 이쪽 테이블로 쉴 새 없이 말을 건네오는 녀석이 조금 귀여워서, 장난으로 까칠하게 한마디를 내뱉었는데, 분위기가 갑자기 조용해지길래 녀석을 쳐다봤더니, 라면을 가득 물고 있는 입에 서러움의 눈빛을 더해 나를 쏘아보며 울고 있었다. 내가 갑자기 무섭게 말을 하는 것 같아서 놀랐단다. 실상 놀라기야 내가 더 놀랬지. 내 놀란 마음도 진정시키면서 녀석을 다독거리느냐…. 아직은 녀석도 내 캐릭터에 적응을 못 한 시기였고, 당시에는 녀석

의 캐릭터도 평범하지는 않았던 터라…. 그날 이후 그 엉뚱한 성격이 재미있어서, 그리고 조금은 미안한 마음도 덧대어, 내가 얘 팬클럽 회장 됐다. 회원이라고는 회장과 부회장 2명밖에 없는….

내가 경기도에서 근무하게 되면서부터 못 봤으니, 참으로 오랜 시간이 지나서 다시 보게 된, 이젠 두 아이의 엄마인 38살. 분명 자신이 걷고 있는 세계에서는 38살에 준하는 삶을 살아가고 있을 텐데, 그날 내 앞에서는 다시 신입생인 척을 하고 있는 것 같았다. 그런데 고등학교 친구들을 만나도, 대학 선후배를 만나도 그렇다. 그 시절로 돌아간 듯한 '관계'로 서로를 대한다. 그런 것 보면, 관계라는 것도 서로에게 길들여져 있는 '세계'다. 짧은 대화 끝에, 다시 자신의 세계로 돌아가는 녀석의 뒷모습이 왜 그렇게 짠하던지…. 그 짠한 뒷모습을 지켜보던 순간에도, 끝까지 장난 섞인 멘트를 던지고야 만 못된 선배 놈은, 그 시절 그녀를 울린 4학년이었다.

다음 카페, 라디오 사연

마지막으로 용산구 한남동에서 김소영 님이 보내온 사연입니다.

“DJ 미니 오빠, 사랑해요.”

소영 양, 저도 사랑한다는 말씀 전해 드리면서…. 소영 양에게는 학관 다모토리의 모든 메뉴를 배 찢어지게 드실 수 있는, 손문수 하루 이용권 보내드릴게요. 신청곡 띄워 드리면서, 골밤지기 미니 오늘은 여기서 물러가겠습니다.

오래전 일이라 잘 기억은 안 나는데, 대강 이런 식이었다. 다음 카페가 한창 활성화되던 대학 시절(나는 정말이지 옛날 사람)에, 과에서 개설한 카페에 라디오 진행 형식으로 글을 남기곤 했었던…. ‘별이 빛나는 밤에’를 패러디한, ‘골이 빈 나는 밤에'. 하여튼 골 빈 짓 많이 하고 다녔던 시절이지만, 돌아보면 그때부터 뭔가를 쓰고 있긴 했다.

물론 소영이나 문수에게 먼저 양해를 구하고서 하는 골 빈 짓은 아니었고, 소영이도 문수도 또 저 선배 놈이 심심한가 보다 하며, 미소든 조소든 간에 웃음으로 넘기곤 했던…. 그리고 가끔씩은, 그저 나 재미있자고 쓴 글이, 글 바깥의 사연으로 이어지기도 했다는….

후배들이 그러는데, 내가 이 바닥으로 들어선 이후에 많이 재미없어졌단다. 그 시절보다는 진중해졌다는 이야기를 그렇게 하는 거겠지? 그런데 또 이 나이에 그때처럼 그렇게 굴 수는 없잖아? 변해 가야 할 건 또 변해 가야지, 나만 변해 가는 것도 아니잖아, 하며 재미없어진 나의 지금에 대한 정신승리를…. 아닌 게 아니라, 내 스스로도 느낀다. 너무 진지한 책들만 읽어 대는 것인지, 나이가 들면서 감을 잃어 가는 것인지. 어찌 됐건, 웃음을 많이 잃어버린 것도 사실이고, 그닥 웃을 일이 많지 않은 지금의 생활체계이기도 하고….

지금까지 관악구 신림동에서 민이언 님이 보내 주신 사연이었습니다. 신청곡 띄워 드릴게요. '푸른 하늘'이 부릅니다.「너의 그늘 밑」.

익숙해질 때까지, 기다리고 난 뒤

오랫동안 잊고 있었던 웃음 지어 보이리

이제 뒤돌아보니

교직을 떠나오던 해의 마지막 학기에, 학교 교문 밖 벚나무들이 그렇게 눈에 보이기 시작했다. 그 이전에도 거기 있었던 것들인데…. 계절이 보인다는 말을 그 즈음에 이해했던 것 같다. 그리고 그 이후로 벚꽃이 피어 있는 봄의 풍경이 애잔해 죽을 지경. 저 꽃은 매년 '벌써' 피거나 '벌써' 지는 느낌.

3월 한 달은 학생부에 일이 가장 많을 때다. 특히나 1학년들이 이 적응 기간 내내 어찌나 사고를 쳐대는지…. 벚꽃이 필 즈음에는 나도 그들에게, 그들도 나에게 적응을 했던 것 같다. 약간이나마 마음의 여유를 되찾고 학교 앞 벚나무 그늘 아래에서 담배를 피워 물었던 기억.

한남동 캠퍼스 시절의 단국대학교에는, 정문 옆에 아주

큰 벚나무가 한 그루 심어져 있었다. 봄바람에 흩날리는 꽃잎들의 장관을, 우리는 한 유명 게임의 인트로 장면에 빗대어 '사무라이 쇼다운'이라 불렀었다. 분명 그 시절에도 보고 있었던 봄이긴 한데, 이제 와서 생각해 보면 그 봄이 잘 보이지 않았던 것 같다. 그 꽃잎비를 맞고 있던 내가 무슨 생각을 하고 있었는지 도통 기억이 나지 않는다.

> 젊은 날엔 젊음을 모르고, 사랑할 땐 사랑이 보이지 않았네.
> 하지만 이제 뒤돌아보니 우린 젊고 서로 사랑을 했구나.

이제 뒤돌아보니, 이 노래를 즐겨 부르던 시절에는, 정작 이 노래가 잘 들리지 않았던 것이기도 하다. 당시에는 다 알고 있는 것 같았던, 그래서 질문보다는 대답이 앞섰던 날들. 먼 훗날에 돌아보면 언제나 보지 못하고 알지 못하고 있었던 지난날들. 지금의 나는 또 무엇을 보지 못하고 알지 못하고 있으며, 조금 더 훗날에는 또 무엇을 깨닫고 있을까?

아름다운 세상을 찾아서

헬스장에서 잠시 숨을 고르면서 내다보는 창문 밖으로는, 봉천동 쪽 달동네의 부감이 펼쳐져 있다. 다세대 주택이 허물어진 자리에, 복비를 더 받아먹기 위해 이름만 '오피스텔'인 건물들이 지어지고, 산허리에 아파트 단지가 병풍처럼 늘어서 있는 시절인 터라, '달동네'라는 표현은 그냥 그 지형적 특성을 빌린 것뿐이다. 가끔씩 그 풍경으로부터 내가 대학 시절을 보낸 한남동을 떠올릴 때가 있다. 남산 밑자락에 빼곡히 들어찬 다세대 주택 사이에 내 자취방도 있었다.

달이 뜨는 언덕 위에,

하늘과 가장 가까운 곳에, 내가 쉴 곳을 만들어.

이 노랫말에 담은 작사가의 순수함과는 달리, 한남동의 달동네는 지역에 따라선 부유한 계층만이 소유할 수 있는 달과 하늘의 풍경이기도 했다. 그리 넉넉한 형편은 아닌 단국대생들과 이태원이 활동무대인 직업인들과 외국인들이 모여 사는 한남동이 있었고, 로얄 패밀리들이 사는 한남동이 있었고….

영화감독의 꿈을 지니고 있었던 후배 녀석(뒤에 언급될 석화)과의 추억 하나. 그의 자취방이 있던 약수동 언덕에서는, 故 이건희 회장이 살던 한남동이 내려다보인다. 위치적으로 '내려다'본 것이었을 뿐, 정서적으로는 우러러본 것이었지만…. 언제고 저 하얏트 호텔을 제 집 드나들 듯하겠다며, 갓 전역한 두 청춘이 약수동 언덕 위의 달님에게 늘어놓았던, 이제와 돌아보면 죄다 헛소리였던 다짐들.

그 다짐이 무색하게도 채 몇 년이 지나지 않아서, 둘은 각자의 꿈을 포기했다. 실상 포기라고 표현하기에도 애매하다. 뭐라도 조금 이루어 놓은 것이 있는 상황에서나 그도 포기라 할 수 있지. 내 모든 걸 내던진 적도 없었고, 그렇기에 딱히 진척이랄 것도 없었고, 마침 포기할 수밖에 없었노라 내 스스로를 정당화할 수 있는 핑계들은 많았고….

저 아름다운 세상에 그대의 꿈으로 남아,

나는 작은 빛이 되리라.

그런데 요즘에는 문득 그런 생각이 든다. 내가 있어서, 자신이 좋아하는 일을 할 수 있는 사람들도 있는 세상이라는…. 그건 사는 지점과 지위의 문제도 아니다. 이 한남동에도 있고, 저 한남동에도 있고…. 그런데 또 그들이 있기에, 내가 좋아하는 일을 할 수 있는 세상이기도 하고….

제3한강교

4학년이 되자마자, 아버지는 서초동 성모병원에서 폐암 말기 판정을 받으셨다. 재앙은 몰려다닌다고 했던가. 실상 한 사건으로부터 시작되는 연쇄반응이기도 하다. 2년의 기간 동안 나를 주저앉히게 될 많은 사건들이 저 자신의 차례를 기다리고 있었다. 화양연화의 시절로 다시 돌아가 보는 상상도 잠시, 다시 겪을 생각을 하면 정말이지 돌아가고 싶지 않은 내 20대의 날들.

취업을 준비해야 하는 4학년과 아버지 곁에 있어야 하는 간병인, 그 어느 쪽도 내가 당면한 현실이었지만, 한남동에서의 생활은 때로 연극처럼 느껴졌다. 그나마 최소한의 '나'이고 싶은 캐릭터를 지켜 낼 수 있는 의미에서…. 그러나 142번 버스를 타고 한남대교를 건너는 순간부터 아무것도 지켜 낼 수가 없었다. 오늘은 이런 일로, 내일은 저런 일로, 내 무능과 무력이 발가벗겨진 채로 그저 주저앉을 수밖에 없는 현실.

예술가적 자아를 지닌 각계의 사람들을 많이 만나고 다니는 생활체계이다 보니, 가끔씩 그 시절의 그 한남대교를 떠올릴 때가 있다. 물론 그 시절의 내가 지녔던 의미와는 다소 차이가 있겠지만, 구원의 구도 자체는 비슷한 느낌이다. 그들 각자가 모두, 다리 하나를 사이에 둔 저 너머에 자신만의 한남동을 지니고 있는 듯하다.

그것이 저기로부터의 도피이던 여기로의 승화이던 간에, 권태와 허무, 때로 절망이 맞물려 돌아가는 톱니바퀴로부터 최소한의 자신을 지켜 내고자 하는 열망으로의 탈주. 누군가는 음악으로써, 누군가는 그림으로써, 누군가는 글로써, 각자가 지어 올린 한남대교. 그 현실과 현실 사이를 가로지르며 오늘도,

강물은 흘러갑니다. 제 3한강교 밑을….

당신과 나의 꿈을 싣고서, 마음을 싣고서….

춘천 가는 기차

김현철의 「춘천 가는 기차」를 들으며 추억을 떠올릴 세대도 아니지만, 실상 경춘선을 자주 이용했던 입장에서는, 경춘선이 그다지 추억의 선로인 것도 아니다. 봄과 여름에는 MT를 가는 대학생 무리에 끼어, 가을에는 단풍놀이 관광객에 섞여, 한숨 자고 나면 청량리이길 혹은 남춘천이길 바라던 마음은 언제나 시끌시끌한 다른 누군가의 여정 속에 홀로 불편할 뿐이었다.

노선의 절반 정도의 거리였던 대성리는, 내게 단 한 번도 '벌써 대성리'인 적이 없었다. 언제나 '이제 대성리'였고, '아직 대성리'였다. 그렇게 지겨웠던 경춘선이 막상 사라지니 애틋함으로 추억할 뿐이지, 정작 그 추억을 파헤쳐 보면 그렇게 애틋한 기억도 없다.

용산역과 성북역을 왕복하던, 소위 '국철'로 불리던 전철의 추억. 20분 25분 간격으로 배치되어 있던 이 전철의 특징은 '잘 안 온다'는 점이었다. 항상 전 열차가 떠난 뒤에 내가 역에 도착하는 것인지, 그 배차 간격을 오롯한 기다림으로 채우는 경우가 많았다. 우연히 적정의 타이밍으로 도착한 한남역이 일상의 작은 행복으로 느껴질 정도였으니 말이다. 그래서 이 전철을 이용하는 단국대생들은 주로 하교하는 시간대의 전철 시각을 외우고 있었다.

청운의 꿈을 싣고 올랐던 경춘선. 예전에는 청량리가 경춘선의 끝이었는데, 이젠 그 끝이 서울의 중심부로 들어와 버렸다. 그래도 여전히 청량리 도착을 알리는 안내방송에 철길 위의 단잠을 깬다. 그리고 잠시 후 창밖으로 스치는 한남역을 물끄러미 바라본다. 이젠 경춘선의 연장으로서….

빨리 도착하고 싶은 마음만 앞서 있던 조급함으로, 언제나 '이제 대성리', '아직 대성리'인 듯한 느림에 짜증을 내곤 했었는데…. 어느덧 벌써 여기까지 와버린 인생의 여정은 한남역을 지나, '청춘'이란 테마로 달리는 ITX로부터 나를 용산역에 내리고 간다.

아껴둔 사랑을 위해

장동건의 신인 시절을 담고 있는, 드라마 「우리들의 천국」의 주제곡은 이런 가사로 시작한다.

기다려 내 몸을 둘러싼 안개 헤치고
투명한 모습으로 니 앞에 설 때까지

대학교 시절, 가끔씩 월요일 새벽 기차를 타고 서울로 올라갔던 적이 있었다. 오랜만에 만난 동네 친구들과 주말 동안 바짝 놀고서, 월요일 아침 수업을 듣기 위해…. 호반의 도시라는 명성만큼이나 안개가 끼는 아침도 잦은 편인 지역. 그 가끔의 월요일 중에 또 가끔씩은, 푸른 새벽을 가득 메운 하얀 안개를 헤치며 남춘천역을 향했다. 그렇게 상쾌하지만도 않은 축축한 새벽 공기를 들이마시며 기차를 기다리던 청춘은, 지나간 어느 날의 드라마 주제곡을 떠올리곤 했다.

아직까지는 음악과 관련한 꿈을 지니고 있던 시절에, 아울러 지니고 있던, 내 삶의 어떤 모습도 음악으로 해석하는 버릇. 안개 저 너머에서 다가오는 통일호의 안개등에서도 '새벽 안개 헤치며 달려가는 첫차에 몸을 싣고, 꿈도 싣고'…. 돌아보면 그 시절의 나는 너무 낭만적으로만 살려고 했던 것 같다. 어쩌면 그 낭만적 기질 때문에, 현실적인 문제로 무너질 때는 더 나약했는지 모른다. 그렇게 나약했기에, 오히려 현실에 보다 더 적극적으로 타협적일 수도 있었다는, 낭만가의 아이러니.

푸른 새벽 속의 하얀 안개가 내 20대를 대변하는 풍경이었던 것 같기도 하다. 윤곽의 경계가 사라진 막연함에 갇힌 시계(視界). 그 뒤로 분명 희망찬 아침이 도래할 것이라는 기대와 믿음, 그러나 또한 등가로 짊어진 그렇지 않을 경우에 대한 불안. 그나마 내가 딛고 서 있는 곳이 플랫폼이라는 사실과, 저 멀리서 안개등을 켜고 제시간에 들어오는 기차의 위안. 안개 속에서도, 미리 그어진 길 위로 달리는 기차는 길을 잃어버리는 법이 없으니까. 그렇게 나는

‘안정’이라고 믿고 싶었던 철로 위에 몸을 실었다. 그리고 한동안 철로 경계 밖으로의 일탈을 생각해 보지 않았었다. 안개가 걷힌 후에도 나는 여전히 철로 위에 있었다.

다시 그 안개 속에 서 있던 푸른 새벽의 시절이 그리워, 역(逆)으로 더듬어 가보는 낭만들. 어차피 다시 돌아간다 해도, 똑같은 선택을 할 텐데, 무엇을 이토록 아쉬워하고 있는 것일까? 현대적으로 변모한 남춘천역을 지나칠 때면, 그 시절의 흔적이 아예 사라진 풍경들을 마주할 때면, 멀어짐과 동시에 짙어짐을 느끼는 아이러니. 점점 멀어지는 날들에 두고 온, 그러나 점점 짙어지는, 우리들이 아껴둔 이야기. 그 아이러니한 우리들의 천국에 대하여….

경희대학교 평화의 전당

조금 터울이 지는 다른 사촌형제들과는 달리, 나랑 3살 차이인 막내누나가 있는데 이름이 '경희'다. 나와 보다 가까운 세대이니, 어려서부터도 내겐 소울메이트였다. 중학교 때 누나가 우리 집에 두고 간 공테이프에 녹음되어 있던 여러 노래 중 하나가 바로 유영석의 「우리 모두 여기에」였다. 이 기획의 기점을 소급하려면, 그 순간으로 거슬러 올라가야 하는 것. 그러고 보면 삶이란 게 신기하지. 미래에서 돌아보면 여기로까지 이어지는 결정적 순간이었다는 사실을, 당시에는 누구도 몰랐으니.

내 인생에 있어 중요한 전환점이었던 또 다른 '경희'를 이야기하자면, 대학원생으로 다녔던 경희대에 관한 것이다. 경춘선 위로 아직 비둘기호가 달리던 시절. 기차는 이미 서울로 진입을 했건만, 내 서울의 시작은 외대역 앞의 철도건널목부터였다. 그 건널목 사이로 아주 잠깐 먼발치로 보이던 고딕양식은, 지금에서 돌아보니 준공식을 앞두고 있던 평화의 전당이었다. 경춘선의 끝자락에 자리하고 있는 대학은 내겐 서울의 표상과도 같았다. 당연히 그 표상을 향한 의지로 원서를 들이밀어 봤지만, 끝내 나와는 인연이 없었던 곳.

내 인생에 대학원이 끼어들 것이라곤 상상도 해본 적이 없었는데, 다소 늦은 나이에 진학을 결심하면서 어디로 갈 것인가에 대해선 크게 고심하지 않았다. 여전히 외대역 앞 건널목 사이로 보이는, 학창시절의 표상을 향해 있었기에…. 그런데 학제가 통합된 이후에 중문과는 국제캠퍼스로 내려왔단다. 하여 회기역의 파전골목이 아닌, 영통역의 홈플러스를 지겹도록 지나쳐야 했다는…. 내 인생의 단면이기도 하다. 이렇듯 둘러가지 않으면 비껴가는…. 어느 시인을 키운 8할이 바람이었다고 했던가. 내겐 그 8할이 이런 '삑사리'였다.

대학원생으로 다닌 학교는 이렇다 할 큰 추억도 없다. 나보다 한참이나 어리고 예쁜 동기 동생들과, 벚꽃이 흐드러지게 피는 아름다운 봄날의 풍경 정도가 고작. 가슴 설레는 스물 살 시절을 다시 겪을 기대는 애초부터 하지 않았다. 그냥 공부밖에 없었다. 그도 전공에 관해서보다는 서양철학에 관한 책들을, 닥치는 대로 미친 듯이 읽어 댔다. 출간물에 인용되는 서양철학의 지식들은 거의 다 국제캠퍼스 도서관에서 대출한 책들에서 얻은 것이다. 그나마의 위안, 추억이 많은 단국대에서는 되레 취업 공부에 시달린 시절까지 상기해야 한다면, 추억 하나 없는 경희대에서는 정말 공부 같은 공부를 해본 기억.

내 기억 속의 그 평화의 전당과도 끝내 큰 인연은 없었다. 마침 석좌교수로 와 있던 지젝의 강연을 들으러 몇 번 들러 봤을 뿐이다. 하긴 국제캠퍼스 도서관에서 읽은 책들이 아니었다면, 평생 슬라보예 지젝이 누군지도 모르고 살았을 게다. 별 다른 추억이 없는 경희대는 내겐 아직도 외대역 건널목에서 보던 그 거리감이다. 어찌 보면 잘된 일 같기도 하다. 익숙해지지 않았기에, 여전히 그 시절의 그 자리에 머물고 있는 듯한 풍경. 내게 아직도 경희대의 정의는 회상의 관념 속에 자리하고 있는 경춘선의 끝자락이다. 내 학창시절의 마지막에 닿아 있는 낭만이기도 한….

철길의 낭만

아주 오래전에는, 경춘선이 기본요금 거리가 되지 못해서, 모든 역으로의 운임이 같았다. 그러니까 청량리역에서 가평역을 가든, 춘천역을 가든, 가격이 똑같았다는 이야기. 비둘기호만이 거리 대비 운임을 받았고, 가격도 가장 쌌다. 당시에 청량리까지가 1200원이었나 그랬다. 또한 다른 열차들과는 달리, 기차표의 크기도 지하철 회수권만 했다. 하긴 지하철 회수권이 역사 속으로 사라진 지도 오래전 일이니, 어린 친구들은 도대체 얼마만 했다는 이야기인가 싶을 테고…. 열차 칸 천장에 선풍기가 있었다고 회상하는 분들도 있던데, 나 때만 해도 그 정도로 열악한 냉방은 아니었다. 그런데 겨울에는 바닥에서 피어오르는 스팀기의 김이 보이기도 했다.

일주일마다 집에 내려오는 대학생의 입장에서는 그 교통비도 아까워 비둘기호를 탈 일이 많았는데, 1학년 때 동기들이 강촌으로 MT를 가자고 해서, 교통비를 아껴서 술을 더 사자는 취지로 내가 비둘기호를 추천했다. 당시만 해도 맨 뒷칸에서는, 기차 뒤로 멀어지는 철길을 바라볼 수가 있었다. 서울 토박이 여자 동기들은 그 광경이 너무 좋았던지 '꺄악' 소리를 질러 대고, 경춘선을 지겹게 오간 나는 그렇게 좋아하는 동기들을 뿌듯한 시선으로 바라보고…. 그런데 실상 그 광경은 나도 그날 처음 보는 거였다. 매주 혼자 기차에 오르는 일상 속에서 맨 뒷칸의 낭만을 즐길 일이 있었겠어?

물론 혼자 즐기는 풍경도 있을 테지만, 그것으로 교감할 수 있는 타자와 함께 할 때야 발견되고 향유되는, 머리카락 보일라 꼭꼭 숨은 일상의 낭만도 있다는 거.

친구, 펑요우(朋友)

『그로부터 20년 후』를 읽으신 어느 독자분께서, 전화기 너머로의 얼큰히 취한 목소리로 건네 오신 컴플레인,

"야! 너 이 새끼! 책 팔려고 친구나 팔아먹고 말이야."

내 학창시절의 친구 중에, 잘 읽었다는 이야기를 이런 식으로 하는 놈이 있다. 책에 그 일화를 가장 많이 언급한 녀석인데, 그때부터 지금까지 어찌나 한결같은지.

시간은 흐르고 모든 게 변해도
그대로 있어 준 친구여

거리에서 이 노래가 흘러나오던 시절의 일이니, 꽤 오래된 기억이다. 친구들이 한 친구 아버님의 장례식장으로 달

려가는, 뮤직비디오의 한 장면에 공감하며 울컥할 줄이야. 그해 3월에 말기 암 판정을 받으신 아버지는 서울의 한 병원에 입원을 하신 상황이었고, 그해 5월에 나는 교생실습을 하기 위해 모교로 내려갔다. 첫 출근 전날, 고등학교 졸업 이후에도 그 지역을 지키고 있는 친구 두 놈과 만나 술 한 잔을 기울이는 자리에서, 녀석들에게 아버지 이야기를 꺼냈고, 마지막 잔을 기울일 즈음 그때까지 꾹꾹 눌러 참고 있던 울음이 터져 나왔다.

그리고 학창시절부터 단골이었던 노래방을 오랜만에 찾아가, 안재욱의 「친구」를 부르면서 셋 다 울었다. 훗날에 돌아보니 또 다소 유치했던 감성. 몇 년이 지나서 그날의 감성을 재현해 보고자 다시 「친구」를 불렀을 땐, 서로가 조금 겸연쩍어 했던 기억. 그렇듯 그때여야만 마음껏 울 수 있는 슬픔도 있다. 실상 내 친구 놈들이 살가운 말 한마디 안 건네는 그런 성향이거든. 그날의 충만했던 감성이 우리답지 못하게 이상했던 거지.

그날은, 이젠 서서히 그런 인생의 장면들을 겪는 나이가 되어 간다는 사실에 새삼 놀라며, 곁에 있는 서로의 역할을 새삼 깨달으며, 감정이 많이 격양되었던 것 같다. 참 이상한 일은, 다음 해에 내 아버지가 돌아가셨고, 그로부터 몇 년 후에 한 친구의 어머님이, 또 몇 년 후에 다른 친구의 아버님이 돌아가셨다는 사실. 학창시절의 친구들 중에 그날 모인 세 놈이 순차적으로 역할을 바꿔 가며, 한 번은 겪어야 할 인생의 의례들을 조금은 이른 시간에 치렀다.

교생 실습을 하러 춘천에 내려가 있었던 한 달은, 내 인생에서는 가장 답답하면서도, 또 많이 행복했던 시간들이었다. 주말마다 아버지가 계신 병원으로 올라가야 하는 거꾸로 된 기차 방향이 낯설기도 했지만, 또 모교 후배들과의 생활 속에서 언뜻언뜻 떠오르는 내 학창시절의 기억이 재미있기도 했다. 그리고 퇴근 후에는 항상 그 두 녀석과 만났다. 한 달 내내 붙어 다닌 건 학창시절 이후 7년 만이었다. 그냥 그런 느낌이었다. 주말마다 올라가는 서울은 잔혹한 현실이고, 녀석들과 함께 보내는 평일은 다시 학창시절로 돌아간 꿈 같았던….

책의 에필로그에 잠깐 교생실습 시절을 언급한 건, 그런 이유이기도 했다. 내 학창시절이 끝난 지점에서 교생실습 기간으로 연장된 듯한 느낌. 그런데 이도 돌아보니 그렇다는 거고, 막상 교생시절 당시에는 정신없이 지나간 한 달이었을 게다.

다시 대학교로 복귀를 하던 날의 그 헛헛한 기분을 아직도 기억한다. 교생으로서의 마지막 퇴근 후, 서울행 기차를 기다리면서 녀석들에게 건 전화 한 통이 어찌나 쓸쓸하던지. 이젠 정말이지 다시 올 수 없는 시간 같아서…. 또 지나고 보니 그날의 슬픈 예감이 틀리지 않기도 했고…. 그때가 우리가 아직은 어릴 수 있었던, 우리 인생의 마지막 날들이었다.

세상에 꺾일 때면 술 한 잔 기울이며
이제 곧 우리의 날들이 온다고

그날로부터 한참을 멀어진 후에 돌아보니, 그때가 이미 우리의 날들이었던 것 같다.

朋友一生一起走 那些日子不再有
一句话 一辈子 一生情 一杯酒

친구여 평생을 같이 가자, 다시 그날들이 돌아오지는 않더라도
한 마디 말에 일생을, 한 평생의 정을 한 잔의 술에

중국어 전공자이기도 하니, 주화건의 원곡도 익히 알고

는 있었고, 많이 좋아했던 노래. 이 나이가 되어서 다시 들어 보니 이 곡의 가사가 더 애잔하다.

그 시절, 나의 곁에서, 내가 본 것들을 함께 보고 있었던 이들. 나는 기억하지 못하는 나의 옛 모습을 기억하기도 하는 증언자들. 그런 친구들에게, 나이가 들수록 점점 더 예의를 갖추게 되는 것 같다. 그 표현이 여전히 러프한 언어들로의 격 없는 친근함일망정…. 나도 글로 써내릴 때나 이런 분위기를 욕심낼 뿐이다. 녀석들이 읽으면 '지랄한다' 소리부터 해댈….

3. 그 시절 우리가 좋아했던

그 시절, 내가 좋아했던 소녀

초등학교 5학년이 되던 첫날. 한 여자 아이가 우리 반으로 전학을 왔다. 처음 본 그 순간부터 좋아한 건 아니었는데, 어느 순간부터인가 좋아하고 있었다. 나는 운동부, 그녀는 합창부. 그 어린 나이에도 어떤 결의 차이를 느꼈던 걸까? 그녀와 친하게 지내는 합창부 남자 아이들이 어찌나 부럽던지. 내가 그녀를 좋아한다는 사실을 온 학교에 소문을 내고 다니기까지 했다. 아직은 「서동요(薯童謠)」에 대해서는 모르고 있던 시절인데…. 내 관심을, 처음에는 부끄러워하면서도 좋아하는 듯하더니, 나중에는 대꾸도 안 하더라.

예쁜 아이였다 보니, 가끔씩 그녀에게 장난을 치는 남자 아이들이 있었다. 어릴 적에는 싸움을 좀 할 줄 아는 아이였던 터라, 그런 순간을 목도하는 족족 선빵을 날리곤 했는데, 그녀는 그런 내 모습을 더 싫어했다. 실상, 정작, 되레 장난이 가장 심한 건 나였거든.

친하게 지내고는 싶은데, 다른 아이들과 같은 그런 친밀도는 싫으니까. 그러나 관심을 표할수록 더욱더 멀어지기만 하는 사이. 그러다 보니 본의 아니게, 관심의 표현이 삐딱한 표현으로 변해 가고 있던 어느 날. 그 시절에는 특정 요일마다 교장 선생님의 훈화를 들어야 했던, 운동장에서의 아침 조회가 끝나고 교실로 들어가는 중이었는데, 저 멀리서 어떤 놈이 또 그녀에게 장난을 친다. 그날은 그녀가 좀 화가 난 듯 보였다. 나도 화는 나는데, 내가 뭘 해도 싫어하니까, 그냥 멀찌감치서 바라만 보고 있었다.

그러다 계단을 올라가는 중에 그 놈이랑 마주쳤다. 그녀와 관련된 이유에서가 아니더라도, 어차피 나랑 확실한 서열 정리를 한번 해야 하는 놈이었다. 한바탕 신나게 싸우고서 교실로 들어가려는 순간, 그녀가 다가왔다. 그 상황을 지켜보고 있었던 모양이다. 그런 일이 한두 번이었던 것도 아닌데, 이상하게도 그날은 나를 따라와 손바닥으로 찰싹 내 엉덩이를 때리더니, 참으로 오랜만에 내게 말을 걸어 왔다.

"왜 싸웠어?"

계속해서 싸운 이유를 물었지만, 나는 대답하지 않았다. 그녀가 나한테 관심을 갖는 그 상황에 너무 기분이 좋아서…. 그때 그냥 그렇게 멋있게 돌아섰어야 했는데, 지금껏 사랑에 관해서는 쿨해 본 적이 없는 성격. 이젠 나를 받아주는 건가 싫어서 또 다시 질척대다가….

그러던 어느 날, 이젠 내가 전학을 가게 됐다.

"나 전학 가."

조금은 서운해하라고 건넨 말이었는데, 콧방귀도 뀌지 않는다. 그래도 평소와 다른 주제로 다가선 것을 가상히 여겼는지, 대답은 해준다.

"뻥 치시네!"

귀찮게 한 적은 있어도, 뻥을 친 적은 없었는데…. 그 순간에도 뻥은 아니었고…. 나는 봄방학 기간을 이용해 다른 도시로 전학을 갔다. 마지막 인사도 못 한 채. 아니 하긴 했다. 뻥치듯 인사를 한 셈이니.

지금까지 좋아했던 모든 이성에게 저랬던 건 아니고, 원래 저런 성격도 아니거든. 이상하게도 그 친구한테는 왜 그랬는지 몰라. 아니 어떻게 그럴 수 있었는지를 잘 모르겠다.

그 시절, 내가 좋아했던 소녀 2

'아이 러브 스쿨'이라는 초등학교 동창회 커뮤니티가 한창 붐이었던 해. 나는 전학을 가기 전에 다녔던 학교 쪽의 친구들이 궁금해서, 그쪽으로 참석을 했다. 그러나 그날 내 첫사랑은 참석하지 않았다. 모인 친구들 중에 연락이 닿는 경우도 없었다.

몇 년 뒤 미니홈피가 활성화되면서부터, 이름을 숱하게 검색해 봐도, 그조차 안 하는 성향으로 자라난 그녀. 그나마 그녀의 동생 이름을 기억하고 있었던 덕에, 그녀의 동생을 통해서 겨우 연락이 닿았다. '한번 보자'라는 말이 떨어지기 무섭게, 나는 바로 다음 날 우리가 다녔던 초등학교로 향했다. 내가 가끔씩 이렇게 즉흥적일 때가 있다. 분위기 좋을 때는 상대방이 조금 감동하는 것 같기도 한데, 분위기

안 좋다 싶을 땐 상대방이 되게 싫어하는 성향.

그녀는 다른 학교에서 우리 학교로 전학을 왔었다. 그리고 딱 1년을 바짝 좋아하다가 이번에는 내가 다른 학교로 전학을 가게 됐다. 세월이 흘러 대학교 3학년이던 해의 크리스마스, 고작 1년을 함께 다녔던 초등학교 운동장에서 그녀를 기다리고 있었다. 그 시절로부터 조금은 멀어진 어른의 모습으로, 그러나 그 시절로 돌아간 듯 조금은 설레이는 마음으로…. 이 해후를 축복이라도 하려는 듯, 하늘에선 갑자기 눈이 내린다. 이미 머릿속에는 신승훈의 음악이 BGM으로 흐른다. 그야말로 뮤직비디오의 한 장면. 그런데 그 눈속에서 한참을 앉아 있다 보니, 너무 내린다 싶다. 이때부터 뭔가 이상했다. 삑사리 코드로 미끄러진 경우가 워낙 빈번했던 인생인 터라….

학교 운동장까지 들어온 택시로부터 내린 젊은 처자, 분명 저 여자가 그 시절 내가 좋아했던 그 소녀다. 그런데 무슨 맘이었을까? 저 여자가 아니길 바라던 내 마음은…. 거리를 좁히며 선명해지는 짙은 화장기의 얼굴은, 오랜 세월 동안 내 기억 속에 간직하고 있던 그 소녀가 아니었다. 나도 많이 변해 버렸으면서, 변해 버린 그녀를 허락할 수 없는 이 이기심은 뭐란 말인가?

운동장엔 나밖에 없는데, 그쯤 되면 나인 줄 알아야지, 굳이 어디론가 전화를 건다. 당연히 수신자는 나다. 그녀 역시 내가 아니길 바랬던 것일까? 그러나 내가 그때 그 시절의 나라는 사실을 확인하자, 그간의 세월이 무색할 정도로, 한바탕 지랄부터 떨어 댄다. 그때나 지금이나 넌 변한 게 하나도 없다는 둥, 어제 회식에서 늦게까지 술 마셔서 얼굴이 부었는데 왜 하필 오늘 불러내느냐는 둥, 키는 또 왜 이렇게 안 컸냐는 둥. 이 눈치 없는 지지배가 지금껏 지켜온 나의 애틋함을 이런 식으로 처참하게….

카페로 장소를 옮겨, 시간 가는 줄 모르고 이야기를 나누었다. 떨어져 지낸 세월 동안 서로에게 있었던 이런저런 일들에 관해…. 한참 동안 이야기를 나누다 보니, 짙은 화장 사이로 얼핏얼핏 그 시절의 얼굴이 보이기도 한다. 내가 일방적으로 좋아했던 그 시절엔, 좋아하는 마음을 표현하는 게 서툴러, 그 마음과는 달리 적잖이 괴롭혔었다. 그래서 나를 많이 싫어하기도 했었는데, 성격도 좋고 생각도 바른 숙녀로 자라나 이젠 내 이야기도 잘 들어준다는 사실이 고맙기도 했다.

그날의 만남 자체가 애틋했던 것이었는지, 그 시절의 이야기들이 애틋했던 것이었는지, 헤어짐이 제법 아쉬웠다.

하지만 가장 아쉬웠던 건, 내가 사랑했던 그 소녀가 이젠 이 세상 어디에도 없다는 사실을 알아 버렸다는 사실이었다. 그냥 계속 모르고 살았어야 할 일이었는데, 그냥 추억 속에서만 살게끔 해주었어야 했던 것인데…. 이래서 첫사랑은 만나지 말라고 하는 것인가 보다. 이젠 10년도 훨씬 지난 이야기, 그날 이후로 다시 연락을 하지 않았다. 그녀도, 나도.

그날 그녀와 나눈 대화 속에는 글과 관련한 이야기도 끼어 있었다. 그녀가 책을 만들어 주는 어느 인터넷 사이트에 글을 연재하고 있다고 했었는데, 그때만 해도 책에는 관심이 없던 시절이다 보니 그게 무슨 이야기인지를 알아듣지 못했었다. 이 바닥에 들어선 이후 돌아보니, 그 즈음에 유행했던 인터넷 소설에 관한 이야기였던가 보다. 지금도 글을 쓰면서 살고 있을까? 그 시절에는 이런 미래를 한 번도 생각해 보지 않았던 나는 도리어 글을 쓰며 살아가고 있는데…. 그리고 너에 대한 한 토막의 글을 써내리고 있는데….

주전자와 수돗가

"너희가 크면 환경오염이 심해져서 물도 사 먹게 될 거야!"

아직도 기억하고 있는 초등학교 시절 담임선생님의 말. 그 예언을 확인하게 된 순간은 그렇게 먼 미래도 아니었다. 고등학교에 입학할 즈음, 정말로 슈퍼마켓의 한 구석에 상품으로 진열되는 물이 등장했다. 물을 구매하는 행위에 익숙하지 않았던 시절이라, 과연 돈을 주고 저 물을 사 먹는 사람이 있을까라는 의구심이 들기도 했지만, 그 의구심도 그리 오래가지 않았다. 대학에 올라오니, 사람들은 더 이상 수돗물을 마시지 않았다. 수돗물은 그저 씻고 빠는 용도 이상은 아니었다.

응답하지 않는 시절에 관한 추억을 다룬 드라마의 대미

를 장식했던 가슴 뭉클한 내레이션처럼, 내 또래들은 성장의 과정 중에 아날로그와 디지털 모두 겪은 세대다. 실상 마지막인 것들이 참 많이 걸려 있는 세대이기도 하다. 인류가 처음으로 달에 도착한 사건이 있었던 것도, 새로운 패러다임의 미디어가 세상에 첫 선을 보인 것도 아니었는데, 시대를 구분 짓는 풍경이 우리를 끝으로 끌어안는 바람에, 한 끗 차이로 '옛날'이 되어 버린 경우. 아마도 교실 책상 위에 생수통이 놓여 있지 않았던 마지막 세대가 아닐까 싶다.

새로운 시대적 현상 사이로 사라져 간 풍경 중 하나, 교실 뒤켠에 공용의 식수를 담아 놓던 대형 사이즈의 노란 주전자. 각 층 복도마다 설치된 식수대에서 각자의 물병에 물을 담아 오는 시절에는 위생의 문제를 지적할 수도 있는 일이겠지만, 그 물을 마시고 탈이 나는 학생은 아무도 없었던 '함께'의 가치이기도 했다. 실상 그 시절에는 주전자에 담는 물과 마대걸레를 빠는 물이, 쏟아 내는 수도꼭지의 위치가 달랐을 뿐 본질적으로는 다르지 않은 성분이었다. 점점 더 짙어지는 개인주의의 경향은 그렇듯 위생의 문제와도 결부되어 있는 성격이기도 하다. 그 결과가 환경오염으로 이어진다는 아이러니, 대양의 곳곳에 부유한다는 쓰레기 섬에 섞여 있는 생수통들.

물과 관련한 또 다른 추억의 풍경은, 한바탕 뜀박질 후 땀범벅이 된 몸을 식히기 위해 달려가던 학교 운동장 한구석의 수돗가다. 수도관이 지닌 비릿함이 섞여 든 것인지, 소독약 고유의 향인지는 모르겠으나, 비스듬히 기울인 목으로 흘러들며 갈증을 풀어 주던 그 특유의 맛과 향. 물론 요즘 학교에도 식용의 가능성을 열어 놓은 수돗가는 있다. 그러나 운동장에서의 갈증을 해결하고자 수돗가로 달려오는 학생들은 없다. 그저 땀을 닦아 내는 몇 번의 물질 이후, 건물 안으로 들어가 식수대의 물을 마신다.

교직에서 근무하던 시절, 교무실마다 비치된 정수기 물에 익숙해진 나 역시도 수돗가로 발길이 향할 일은 그렇게 많지 않았다. 아주 가끔씩 남학생들의 성화에 못 이겨 설렁설렁 뛰어 주는 축구시합이나 농구시합이 있은 후에나 수돗가로 걸어가 얼굴에 흐르는 땀을 씻어 내던 정도가 고작. 그러던 어느 날, 추억 속의 그 수돗물을 다시 맛볼 기회가 있었다. 운동장에 이는 흙먼지 속에 학생들과 뒤섞여, 내 청춘이 허락하는 마지막 체력을 하얗게 불사른 어느 여름날. 땀범벅이 되어 걸어온 수돗가에서 나도 모르게 수도꼭지 아래로 머리를 기울이고 있었다.

마시면 안 되는 물이라고 생각한 적은 없었지만 마시지

않았던 물줄기 앞에서, 얼굴에 묻어나는 찝찝함보다 한참이나 앞서 있던 갈증이 먼저 반응을 했던 것. 순간 어릴 적에 맛보던 그 맛 그대로의 수돗물이 온몸으로 흘러 들어온다. 내가 잊고 있었던, 그러나 아직 나를 떠나가진 않은 무언가가 내게 말을 걸어왔다. 한없이 해석을 겉도는 그 신체의 문자가 정확히 설명될 길은 없었지만, 조금의 힘만 주어 돌려도 콸콸 쏟아져 나오는 수도 파이프 안에 갇혀 있던 무언가를 되찾은 느낌이었다.

무언가에 미쳐 열정적으로 땀을 흘리고, 그 열정으로 달아오른 갈증을 잠시 달래고자 어딘가로 달려가던 기억을 잃어버린 어른이 되어 있었다. 그저 안정의 명분만을 추구하면서도, 또 꼴에 교사라고 학생들에겐 노상 말로만 열정의 가치를 가르치려고 드는 그런 어른. 그러나 쏟아 낼 수 있는 운동장도, 채워 넣을 수 있는 수돗가도, 내가 마음만 먹으면 언제든지 닿을 수 있는 가까운 거리에 있었다. 다 닦아 내지 못한 얼굴 여기저기에 송골송골 맺힌 물방울들을 스치던 시원한 바람이, 언제고 어느 수돗가에서 느껴 본 그 바람이 여전히 불고 있는, 여름 안에서….

난로와 김치밥 도시락

초등학생이던 시절, 15살 터울의 사촌형이 음악교사로 발령이 났다. 첫 근무지는 경북 울진. 형수와 함께 부임한 첫 학교의 관사가 신혼집이었다. 그 학교가 고등학교였는지, 중학교였는지도 잘 기억나지 않지만, 대체 왜 그곳에 놀러 갔던 것인지에 대한 기억은 더더욱 없다. 단지 겨울방학 기간이었다는 사실 이외에 기억으로 간직하고 있는 단 하나의 풍경은, 교무실 가운데 놓여 있던 난로와 그 위에서 물이 끓고 있던 작은 주전자다.

방학 중에도 출근을 한 몇몇 교사들이 있었다. 난로 주위에 의자를 맞대고서, 주전자에서 끓고 있던 물을 부은 커피잔을 매만지며 나누던 담소. 어린 눈에는 그런 어른들의 모습이 어떤 '낭만'으로 비쳐졌던 것 같다. 돌아보니 내 교직 시절에는 그런 낭만을 겪어 본 겨울이 없다. 학교는 이미 시스템 냉난방을 갖추고 있는 관공서였다. 뜨거운 물은 정수기로 받는 것이었고, 아예 작은 커피 자판기를 설치해 놓은 교무실도 있었다.

초등학교 때까지는 연탄난로를 사용하다가, 중학교 때부터 기름난로로 바뀌었던 것 같다. 매일 아침 연탄을 받아오던 주번들의 번거로움은, 매직으로 그어진 눈금까지 기름통을 채워 오는 그나마의 수월함으로 변했다. 연통이 사라진 난로가 등장하면서 설치도 학생들의 몫이었다. 난로를 다시 교실로 들이는 날은 책상이 재배치되는 날이기도 했다. 어쩌다 난로 바로 뒤의 자리에라도 앉게 되면 하루종일 곤욕이다. 난로 위로 피어오르는 열기에 굴절된 칠판을 노곤노곤한 시선으로 바라보다가, 뜨거워진 교복 바짓단에 화들짝 놀라 깨길 여러 번. 짜증이 나 미칠 지경이건만, 반 아이들은 그 놈의 김치밥 도시락 위치 좀 바꿔 달라고, 자기 거 탄다고 지랄들이다.

이젠 교실의 구석구석에 공평하게 가닿는 따뜻한 바람으로 대체된 겨울 풍경. 쉬는 시간마다 난로가로 모여들던 반 아이들끼리의 수다도 더 이상 존재하지 않는 시절. 하긴 그 아이들이 낳은 아이들의 수다가 학교 담장 너머로 들려오는 시절일 테니.

나는 어려서부터 추위를 잘 안 타는 편이었다. 그러나 추위를 전혀 느끼지 못한다는 의미는 아니고…. 제법 쌀쌀한 날씨라서 춥다는 한마디를 내뱉었다가, 이젠 나이가 들어서 그런 것이라는 후배 놈의 농에 발끈해 줘야 하는 나이가 됐다.

문득 떠오른, 고등학교 시절 국어 선생님이 하셨던 말. 환기 좀 시키자며 교실 창문을 모두 열게 하면서, 자신이 어렸을 적보다는 겨울이 많이 따뜻해졌다고 하시던…. 20년이 지난 지금은 더 따뜻해졌다. 그리고 이제 내가 그 말을 입에 달고 산다. 지금보다 더 추웠어도, 지금보다 더 따뜻한 겨울의 풍경들이 있었던 것 같은 그때 그 시절. 이런 식으로 겨울을 표현하는 걸 보면, 확실히 나이가 들어서 그런 게 맞다. 그렇다고 다시 연탄난로의 번잡스러움을 낭만으로 땔 것도 아니면서….

어느 아이돌 가수

"고모 어릴 적이랑 똑같다."

어느 일요일 아침에 재방송된 「복면가왕」을 시청하다가, 어느 아이돌의 무대를 지켜보던 엄마가 하신 말씀. 엄마가 말한 고모란 그 친구의 엄마를 지칭하며, 내 입장에서 고모인 경우다.

지금은 건물이 허물어진 자리를 옛날보다 넓어진 도로가 대신하고 있지만, 춘천 약사리 고개라는 곳에는 작은할아버지가 운영하시던 '샛별사진관'이라는 상호명이 있었다. 그래서 친척들은 지금까지도 그 작은할아버지를 샛별할아버지라고 부른다. 옛날에는 특별한 경우도 아니었겠지만, 할아버지 형제분 중에서 막내이신 샛별할아버지는 큰아버지보다 나이가 어리시다. 일찌감치 공무원 생활을 하고 계셨던 큰아버지는 당신보다 어린 삼촌에게, 당시 많이 생겨나고 있었던 사진관을 하면 어떻겠냐고 제안하셨단다.

그 시절에 사진에 눈을 뜬 청춘들이니 얼마나 멋쟁이들이셨겠는가. 그 멋에 심취해 있던 청춘들 중 한 분이 바로 내 아버지였다. 그에게 삼촌이 운영하는 사진관은 거의 아지트였고, 평생 그 놈의 미놀타를 어찌나 애지중지했던지. 샛별사진관에는 큰아버지와 아버지, 고모들의 청춘이 전시되어 있었다. 아버지와 같은 항렬이면서도 한참이나 어릴 수밖에 없었던 샛별할아버지의 따님들, 그 고모들은 나랑도 몇 살 차이가 나지 않는다. 그러니 그 고모들의 자녀들은 나랑 거의 스무 살 차이로 벌어졌다.

그 친구들 중 하나가 바로 「복명가왕」에 출연했던 아이돌 가수. 가끔씩은 나도 헷갈리는데, 내가 아재가 아니라 늙은 오빠다. 엉금엉금 기어다니는 모습을 본 게 엊그제 같은데, 세월이 이토록 빠르다. 샛별할아버지도 어느덧 팔순을 넘기시고, 항상 렌즈를 들여다보던 눈이 이젠 잘 보이지 않으신단다. 한 세대가 이토록 금방이다.

어린 시절에는 즐거운 마음으로 어른들을 따라 선산에 올랐던 것 같은데, 중고등학교 시절부터는 명절날의 성묘가 조금 지겨웠다. 특히나 추석 땐, 선산 아래 밤나무 밑에서 아빠와 아재들이 밤 줍느냐고 시간을 지체한다. 나는 빨리 성묘를 마치고 돌아가서 명절 특집 영화나 시청하고 싶은데….

어릴 적에는 고조할아버지 봉분에서 선산 아래의 경춘선이 내려다보였었는데, 자라나는 나무들이 어느 순간부터 그 부감 풍경을 가리기 시작했다. 전철이 들어선 이후에는 철길의 위치도 바뀌어서, 나무들이 아니어도 더 이상 볼 수 없는 풍경이 되었다. 이제 내려다보이는 부감이라곤, 그 세월 동안 아래로 채워 나간 작은할아버지들의 묘, 큰아버지의 묘, 아버지의 묘. 한 세월이 이토록 금방이다.

슬픈 미소

큰아버지와 아버지의 나이 차가 15살인 관계로, 사촌들과의 나이 차도 그만큼이다. 그래서 내가 내 이전 세대의 음악에 대해서 내 또래들보다 많이 아는 것이기도 하다. 그 증거로서, 사촌 누나들이 좋아해 나도 익숙했던 '푸른 하늘'과 유영석, 그리고 이문세의 「붉은 노을」을 소재로 글을 쓰는 글쟁이. 내 경우에는 프로이트의 견해가 맞다. 내 평생을 지배하는 유년의 기억.

큰아버지의 근무지 문제로, 어린 시절에 13살 터울의 사촌 작은형이 우리 집에서 함께 살았던 적이 있다. 형이 고등학교에 입학했던, 그러니까 내가 4살이던 시절부터 꽤 오랜 시간 동안을…. 거의 나를 업어 키우다시피 한, 지금도 '형'과 '형님' 소리가 잘 나오지 않는, 나를 인생의 어느 순간에 멈춰 서 있게 하는 '엉아'인 사람.

어렴풋한 어린 시절의 기억 속에서, 형의 방은 신기한 물건들로 가득 채워진 세계였다. 내 손이 닿지 않는 높이의 책장에 꽂혀 있던 책들을 어떤 '숭고'의 느낌으로 올려다본 것 같다. 한참의 시간이 흘러서 나를 괴롭히는 세계가 될, 수학교과서와 영어교과서였다는 사실을 그때는 미처 몰랐었던….

어수선한 기상의 흔적이 그대로 보존되어 있는, 채 개키지 못한 이부자리 옆에는 항상 카세트 플레이어가 놓여 있었다. 플레이버튼을 누르면 흘러나오던 그 시대의 가요. 그 노래들을 들으면서 형의 이부자리에서 잠이 들기도 했다. 아득한 저 너머로부터 풋잠 속으로 찾아드는 듯 했던 멜로디. 그 시대를 대표하는 많은 노래들이 있었지만, 표상으로 각인된 이미지는 이문세의 것들이다.

> 푸른 하늘 저 밑으로 그 사람도 있으려만
>
> 이 세상이 너무 넓어 슬픈 미소만 보냅니다.

많고 많은 노래 중에 이 곡의 이 부분이 왜 그렇게 머릿속에 맴도는 것인지는 나도 잘 모르겠다. 나는 아직도 이 노래의 가사를 다 외우지 못한다. 그러나 외우지 못하는 그 불완전 그대로를 완전의 그리움으로 간직하고 있다. 중국어를 전공한 내가 여전히 알아듣지 못하는 광둥어로 장국영을 상기하는 것처럼…. 그리고 내가 내 세대의 이야기는 아닌 「응답하라 1988」을 '추억'하는 방식이기도 하다.

나이가 들면서 잠깐의 낮잠 속으로 간간이 찾아드는 회상의 배경이, 잘 기억도 나지 않는 그 시절의, 이문세 노래가 구석구석에 닿아 울리던 형의 방일 때가 있다. 그냥 그런 느낌이다. 마치 내 기억보다도 먼 곳에서 먼저 시작되고 있었던 태곳적의 멜로디 같은…. 태초에 신의 말씀이 있었는지야 알 수 없지만, 내 개인사의 창세기에는 이영훈의 가사가 있었던 듯하다.

중학교 입학을 일주일 앞두고서, 나는 태어나 처음으로 이발소라는 곳을 찾아가게 된다. 그리고 태어나 처음으로 스포츠머리가 되었다. 내 또래들까지만 해도, 두발단속과의 갈등으로 학창시절을 보낸 세대였던 터. 그 서막이기도 했다. 거울 속에 비친 너무도 낯선 내 모습, 그 낯설음은 나뿐만 아니라 내 주변의 모든 사람이 공유하는 감정이었다. 내가 벌써 중학생이 되었다는…. 그 즈음에 결혼을 해 다른 지역에서 살던 형이 오랜만에 우리 집에 놀러왔다. 내 까까머리를 보고 웃겨 죽겠다는 듯 자지러진다. 그 얼마 후에 형이 딸을 낳았다. 까까머리는 이제 그 시절 '엉아'의 시선으로 조카를 바라본다.

아주 오래전 어느 날, 밤늦게 귀가한 형이 아빠와 엄마에게 호되게 야단을 맞고 있다. 무슨 잘못을 했나 보다. 나머지 식구는 저녁밥을 다 먹은 시간이었는데, 형은 아직 밥을 먹지 않았다. 엄마가 밥상을 따로 차려 준다. 한 젓가락의 밥을 감싸는 김 위로 닭똥 같은 눈물 몇 방울이 떨어진다. 그 눈물이 아직도 기억에 선명하다. 왜 기억하고 있는 것인지는 모르겠다. 어린 마음은 곁에서 형의 눈치를 살피며 그 눈물을 바라보고 있었다.

27살이 되던 해에 아버지가 돌아가셨다. 그리고 수의로 갈아입은 삼촌 앞에서 그가 흘리는 닭똥 같은 눈물을 다시 마주했다. 아주 오래전에 보았던 그 고등학생의 눈물을…. 돌아가신 아버지에 대한 슬픔에 덧대어지던 슬픔 하나, 20년의 세월이 그렇게 흘러 버렸다는 사실. 한 세대가 이렇게 빨리 흘러간다는 사실. 생각해 보니 지금의 내가 그 해의 형을 앞지른 나이, 이젠 13살 터울로 같이 늙어 간다.

내가 믹키유천보다 나이가 많다는 이유만으로 한 소리

해대던, 막 중학생이 된 시절의 조카 녀석. 믹키유천이 아닌 것도 서러운데, 나이가 많은 것도 죄야? 그 녀석이 언제 이렇게 자란 것인지, 어느덧 대학을 졸업하고, 지금은 교직에서 나의 과거를 살아가고 있다. 그리고 작년에 결혼을 했다. 나 나이 먹는 건 생각도 안 하고 있다가, 타자에게 흐른 세월로부터 새삼 나의 세월에 흠칫. 이름이 한글이다. 한글날에 태어났다는 단순한 이유, 그런 이유로라면 개천절을 피해 간 게 얼마나 다행인가. 운명이 이름을 따라가는지, 국어교육과를 나왔다.

생각해 보면 한글이가 국어 관련 학과 말고 또 어떤 전공을 지원할 수 있었을까? 국어교육과를 나와서 국어 교사가 된 일을, 운명이 이름을 따라간 경우였겠거니 하면서도, 이 또한 타자의 입장에서 완결된 이야기가 아닐까 싶은 생각. 한글이는 정말 국어 관련 학과에 가고 싶었던 것일까? 아니면 어려서부터 그래야 한다고 믿었던 것일까? 이름이 한글인데 영문과를 가는것도 그렇잖아. 어찌 보면 이 사회에 기입되는 그 순간부터 수긍해야 했던 좁은 선택지로서의 기표가 아니었을까?

큰아버지가 아버지를 키우고, 아버지가 사촌형들을 키우고, 한글이 아빠가 나를 키우다시피 한 가족사. 순서대로라면 내가 녀석을 키웠어야 하는 건데, 물리적 거리도 멀리 떨어져 살았고, 나 사는 일에 정신이 없어서 뭐 제대로 챙겨 보지도 못하고 흘러간 세월. 내게 어떤 부채감의 의미이기도 한 그녀. 지난 시간에 못 한 바람까지 더해 챙길 수 있는 기회가 아직 남아 있을까?

어제 같은 세월 속에 눈물만 흘러나옵니다.

응답하라 1988

88올림픽 당시, 한국외대의 많은 학생들이 통역봉사요원으로 뽑혔었다. 아랍어과에 재학 중이었던, 나보다 10살이 많은 사촌 큰 누나도 그 뜨거운 열정들 중 한 명이었다. 올림픽 기간 동안에 화장한 누나의 얼굴을 처음 봤던 것 같다. 서울에서 통역을 하고 있었을 누나의 얼굴을 왜 짙은 화장기로 기억하고 있나 싶어, 1988년도 달력을 살펴보니 추석 기간이 끼어 있었다. 잠시 추석을 쇠러 내려왔던 누나를 기억하고 있던 것.

누나가 들고 온 한 권의 앨범 속에는 수많은 스포츠 스타들과 함께 사진을 찍은 누나가 있었다. 그 이후 잡지사 기자로 근무, 커리어우먼으로서의 삶을 멋지게 살아가나 했는데, 결혼과 동시에 그냥 평범한 주부의 삶을 택했다.

고3 때 서울권 대학의 체육과로 실기 전형을 치르느냐, 당시 총신대 입구 쪽에 있는 누나네 집에서 며칠 머물렀는데, 그저 억척이 아줌마가 되어 버린 듯한 누나가 조금은 나이가 들어 보였다.

그 후로 얼마 지나지 않아서 다시 자신의 일을 시작했다. 행복해하는 것 같다. 얼굴이 점점 젊어지고 있다. 「응답하라 1988」에서 혜리가 올림픽 피켓걸로 발탁되지 못해 울던 장면에서, 그렇게 누나 생각이 났다. 만약 누나도 이 회차를 시청했다면, 물론 누나에게는 화려한 시절이었지만, 그래서 더 울음이 나지 않았을까? 덜어 내진 청춘의 자리를 대신 채우고 있는 세월의 흔적 안으로 걸어 들어온 혜리의 여리면서도 당찬 모습에, 얼마나 그 시절을 그리워했을까.

삶의 어느 순간부터, 88올림픽을 청춘의 시절로 기억하는 세대를 이해하기 시작한, 2002년 월드컵을 청춘의 시절로 기억하는 세대의 공감. 인생의 여름으로부터 함께 멀어지고 있다는 사실엔 10년의 원근감이 무의미한 차이이기도 하다. 그냥 같이 늙어 가는 거지.

책 읽는 남자

외가의 멤버 모두가 독실한 크리스찬인데 반해 큰외삼촌은, 물론 그 역시 독실한 크리스찬이긴 하지만, 청춘의 시절에는 꽤나 유명한 낭만 주먹이었다. 왜 집안마다 이런 삼촌들 한 명씩은 있지 않던가. 어린 시절의 기억 중에는 다소 충격적인 외삼촌의 모습도 남아 있다. 방에 홀로 들어앉아 빈 주사기로 다리의 피고름을 빼내던….

그다지 잘 풀린 청춘은 아니었던 것 같다. 내가 초등학생이던 시절, 한동안 외삼촌은 우리 집 근처에 셋방을 얻어 살았다. 외삼촌이 왜 그 셋방에 홀로 살았는지에 대한 자세한 이유는 아직도 알지 못한다. 어릴 적엔 궁금하지 않았고, 지금은 별로 묻고 싶지 않고….

외삼촌은 나를 '껑땡이'라고 불렀다. 어릴 적 별명이라고 하기에는 외삼촌만 사용하던 호칭. 내가 하도 부산스럽게 뛰어다녀서 그렇게 붙인 거란다. 전용의 별칭이 있었을 만큼 외삼촌은 나를 예뻐했던 것 같다. 성장의 과정 중에 엄마는 내가 외삼촌의 성격을 닮았다는 이유로 걱정하던 때도 있었다. 그래 봐야 그 오빠에 그 동생이지, 우리 엄마 성격도 만만치 않거든.

가끔씩 '껑땡'을 떨러 외삼촌의 방에 놀러갔을 때마다, 외삼촌은 항상 벽에 기대어 앉아 책을 읽고 있었다. 그다지 인텔리한 성격은 아니었던 걸로 기억하는데, 항상 그렇게 책을 읽고 있었다. 책에 치여 사는 처지가 되다 보니, 간간이 그 시절의 외삼촌이 떠오를 때가 있다.

이 바닥으로 건너오기 전까지만 해도 책과 친한 성향은 아니었던 터, 책 자체에 대한 별 다른 추억은 없다. 그러나 책을 매개로 하는, 마치 테마게임처럼 얽히는 삶의 장면들은 꽤 많이 기억하고 있는 편이다. 아버지가 장서가였고, 친구네가 헌책방을 했으니…. 개인적으로는 뚜렷한 목적의식을 지닌 채 읽는 편이라, 또한 주로 철학책을 읽는 독서 습관이라, 내겐 여전히 독서가 재미있는 작업은 아닐뿐더러 답답한 일이 있으면 책도 안 읽힌다. 그래서일까? 난 아직도 그 시절의 외삼촌이 왜 책에 탐닉했던 것인지, 그 느낌을 잘 모르겠다.

돌아보면 외삼촌에게 책의 세계는 생존을 위한 시공간이었던 것 같다. 한 페이지 한 페이지가 외삼촌에게는 마지막 잎새였을 듯, 적어도 살아는 있기 위한…. 큰외삼촌이 파주에 정착한 지도 이미 20년이 넘었다. 오랜 시간에 걸쳐 현실과의 화해를 이루어 냈고, 파주출판도시 근처에서 별 탈 없이 나이 들어가고 있다. 그리고 얼마 전에 알게 된 사실인데, 나랑 동갑내기인 외삼촌의 둘째 아들이 한 출판 유통업체에서 일을 한단다. 그러고 보면 참 재미있는 인생이지. 내가 다시 외삼촌의 집 근처에서 부산을 떨고 있는 셈이니.

책에 관한 대화

예전에 우리 집의 책장에는 한국문학전집과 세계문학전집이 꽂혀 있었다. 어린 시절엔 그다닥 넓지도 않은 우리 집의 한 켠을 그것들이 차지하고 있는 이유를 이해하지 못했다. 제일 이해되지 않았던, 서로 다른 번역자와 출판사의 『삼국지』 시리즈. 이사를 갈 때에도 가장 큰 짐이 그 책들이었다. 아버지 나름의 낭만이었는지, 아니면 아버지의 잃어버린 시간이었는지는 모르겠으나, 아버지 이외에는 누구도 그 책을 들여다보는 일이 없었다.

참 책 모으는 걸 좋아하셨다. 또한 책은 누굴 빌려주는 게 아니라던 나름의 신념. 굳이 그 신념에 저항할 마음도 없었지만, 그 책을 도대체 누가 빌린다고…. 이젠 출판사 소속의 직함으로 불릴 때도 있지만서도, 아직까지 책에 대한 소장 욕구는 없는 편이다. 나는 참 아버지와 맞지 않았다. 조금은 답답했다고나 할까? 고등학교를 들어간 이후로는 거의 대화가 없었다. 어차피 그 대화라는 게 아버지의 뜻대로 하고자 하려는 과정에 불과하다는 삐딱한 마음에…. 그런 아버지의 가치체계를 담고 있는 풍경이 아버지의 책장이라고 생각했던 것 같다.

서른이 훌쩍 넘어서야 문학에 대한 관심도 생겨났고, 이젠 흐지부지 되어 버렸지만 얼마 전까지만 해도 세계문학에 관한 주제로 기획을 진행하고 있었다. 그런데 또 막상 필요할 땐 아버지의 문학전집들이 없었다. 아버지가 돌아가신 이후에는 면적만 차지하고 있는 책들을 다 처분한 터라. 인생의 타이밍이 이렇게 안 맞는다. 나이가 들면서 아버지를 조금씩 이해해 보게 되는 순간마다, 아버지가 안 계신다는 사실을 새삼 깨닫곤 하는 것처럼 말이다.

세계문학에 관한 기획에서 내가 맡은 파트는 프랑스 문학이었는데, 그 일부의 매뉴얼이나마 살펴본 시간은, 내겐 그것들이 지닌 문학사적 의의보다는 아버지를 이해해 보는 방식이라는 데 더 의미가 있었던 것 같다. 도대체 왜 그렇게 사셨던 것일까? 그때는 그런 아버지의 모습이 싫었는데, 이젠 내가 그 문학들로써 삶을 이야기하고 싶은 열망에 시달리고 있다.

문득문득 그런 생각을 해본다. 책을 좋아하지 않았던 시절에, 아버지의 책장에는 이미 내 미래가 꽂혀 있었다. 무의식적으로나마 내게 어떤 시그널을 건네 오던 바벨의 도서관이 그 자리에 있었던 것이 아닌가 싶다. 그 시절의 아버지와 비슷한 성향을 지닌 이들과 이야기를 나눌 일이 있는 생활체계가 되면서, 아버지에 대한 미안함을 투영하는 것 같기도 하다. 지난 시간에 못한 바람을 더한 부채의식 같은 것. 정작 아버지와는 한 번도 나누어 보지 않은 책에 관한 대화.

헌책방의 기적

졸저 『우리 시대의 역설』에서 언급했던, 현대자동차에 다니고 있는 친구의 부모님은 예전에 헌책방을 운영하셨었다. 일찍부터 머신에 눈을 뜬 놈이라, 가끔씩 가게 승합차를 끌고 나오던 녀석에게서 운전을 배웠다. 그랬던 놈이 정말 자동차 회사에 들어갔어.

스무 살 시절에는, 가끔씩 친구 부모님이 여행이라도 다녀오실 일이 있으면, 며칠 동안 친구가 대신 가게를 봤고, 가게 일을 돕는다는 명분으로 다른 친구들도 그곳에 모였다. 그런데 도울 일이라곤 가게 문을 열고 닫는 잠깐의 시간 동안 책을 나르는 게 고작, 몇몇 친구들은 나머지 시간 동안 다락창고에 올라가서 내내 만화책을 읽었다. 또 그렇게까지 만화책을 좋아하는 성향도 아니었던 나는, 학창시절에 읽었던 「슬램덩크」를 다시 단행본으로 읽는 것으로 시간을 보냈다. 「슬램덩크」와 관련한 저서도 출간한 입장, 그런 것 보면 이미 그 다락창고에서 내 미래가 쓰여지고 있었다.

그 헌책방 어딘가에는 분명 들뢰즈와 라캉의 저서들도 꽂혀 있었겠지? 그 또한 나의 미래라는 사실을 짐작도 하지 못하고서 무심히 지나쳤을…. 스쳐 가듯이라도 그들의 이름을 본 적은 있었을까? 어느 소설의 제목을 빌리자면, 친구네 헌책방의 기적. 그렇듯 때로 미래는 과거에서 기다리고 있다.

소년의 여름에 찾아냈다

문득 떠오른, 대학원 시절에 읽은 어느 책에 관해서…. 하도 철학책들에 치이고 있던 시절이라, 잠깐 머리를 식힐 만한 것들을 찾아보다가 발견한 『스물 네 살의 사자후』라는 제목. 학창시절에는 꽤나 열정적인 '듀시스트'였는데, 스물네 살에 관한 이현도의 고백록은 서른이 훌쩍 넘어서야 읽게 됐다. 공부는 안 했어도 책은 많이 있었다는, 특히나 무라카미 하루키를 좋아했다는 이현도의 취향을 처음 알게 된 날.

소년의 여름에 찾아냈다.

여기 영원히 부서지지 않는 다이아몬드.

이 가사를 처음 들었을 땐, 무슨 의미인가 했다. 뭔가 문학적 표현인 것 같긴 한데, 소년의 여름이라는 상징성은 도통…. 나이가 들어서 돌아보니 어떤 해설이 없어도 그냥 알겠는데, 당시엔 아직 나도 어린 나이였기에 그 여름이 그렇게 소중한 시간일 줄은…. 그 시절의 이현도는 이미 그런 문학적 직관을 지니고 있었던가 보다.

아감벤은 피그말리온 신화를 나르시즘적 열망으로 해석한다. 그가 사랑한 조각품이 상징하는 바는, 자기 자신에 대한 성애라는 것. 그 성애라는 게 성적 의미라기보단 미적 열망의 성격이다. 정신분석과 니체의 계보들이 이런 미학적 존재로서 소년의 시절에 주목하는 것이다. 아직은 사회가 권고하는 경제적 가치에 오염되지 않은, 그저 자신의 미학적 가치를 투영해 세상을 바라보던 시절.

어른으로 자라나 자본의 구조를 살아가다 보니 어느 순간부터 우리에게서 잊혀져 간 질문들. 그렇다고 그 소년의 기억이 사라지는 것도 아니다. 되레 사라지지 않음이 문제가 된다. 어른의 세상에서 향유하는 가치들로는 명쾌히 해소되지 않는 공백과 극간. 그 갈마드는 결여가 향하는 곳이 결국엔, 삶의 어느 순간에 손을 놓쳐 그 자리에 두고 올 수밖에 없었던 소년, 그 미적 존재에 관한 기억이라는 것. 라캉에 따르면, 우리는 평생 이 기억의 시달림으로부터 벗어날 수 없다.

"너는 왜 열여덟 살에서 자라질 않냐?"

영화 「전설의 주먹」에서 가장 인상적이었던 대사. 실상 우리 모두가 그렇지 않나? 돌아보면 내 열여덟 살의 여름엔 Deux와 「슬램덩크」가 있어서 행복했던 것 같다. 다시는 만날 수 없을 콘텐츠일 것 같은 진한 아쉬움이기도….
매년 여름마다 어김없이 거리에 울려 퍼지는 「여름 안에서」와 숱한 여름을 떠나보냈지만, 아직도 그 시절의 여름을 떠나오지 못하고 있는 것 같다.

그러면서도 항상 잊고 사는 그 시절의 하늘. 무엇을 잊었는지조차 떠오르지 않는, 잊은지도 모르고 있는 많은 것들. 이제는 다시 볼 수 없는 내 꿈속의 그 소녀.

누구나가 어느 시절 이후로 자라지 않은 채 무의식으로 끌려 내려간 소년과 소녀를 간직하고 산다. 프로이트가 '트라우마'를 설명함에 있어서도 그 시절과의 인과를 살핀 이유이기도 하다. 상처받은 소년소녀인 채로 무의식으로 숨어드는 것. 그들을 다시 의식 차원으로 불러내어 대화를 시도한다는 게 정신분석 상담의 방법론이기도 하다. 같은 맥락에서, 삶에 관한 미적 열망의 성격이더라도 그들을 다시 불러내어 대화를 건넬 필요가 있다는 거. 우리가 떠나온 어느 지나간 여름날의 풍경 속에서, 영원히 부서지지 않는 다이아몬드처럼, 아직도 우리를 기다리고 있는 소년과 소녀를 위하여,

Break down! uno, due, uno, due, tre, quattro!

조그맣게 살아 있는 내 가슴 속에 불씨를 다시 크게 불태우리라.

옛사랑

중학교에 입학한 첫날부터 좋아했던, 그리고 1년 내내 나를 예뻐해 주시던 사회선생님을 3학년 때 다시 만나게 됐다. 좋아하는 마음은 변하질 않았는데, 그 마음을 표현하는 방식이 변해 있었다. 그 사이 나는 혹독한 사춘기를 겪고 있었다. 부모님에게, 선생님들에게, 뭘 해도 욕을 얻어먹어야 했던….

다시 만난 그녀에게 무언가 어른스러운 모습을 어필하고 싶었던 것 같다. 그 어린 생각이 먹힐 리가 있나? 선생님이 좋아서 그런 건데, 지금 생각하면 선생님이 날 싫어할 만한 방식으로 밖에 표현하지 못했다. 나를 다른 학생들과 동등하게 대하는 듯한 시선에, 그렇게라도 눈에 들고 싶었던 것 같다. 그녀는 점점 나를 싫어하는 듯했고, 그럴수록 나는 니가 날 어떻게 생각하는지에 대해선 관심도 없다는 듯 삐딱한 태도로 일관했다.

그러나 더 사랑하는 사람이 약자라고 했던가. 그해 스승의 날, 나는 선생님 몰래 교무실 책상 위에 카세트 테이프 하나와 후리지아 한 다발을 두고 나왔다. 당시에 엄마가 꽃가게를 하고 있었던 터, 그냥 가게에 진열되어 있던 아무거나 쌔벼 온 게 그거였다. 그 은은한 향기 사이로 꽂아 넣은 한 장의 편지, 커다란 편지지에 외로이 앉아 있던 단 한마디, '선생님, 죄송해요.'

다음 날 계단에서 마주친 여교사, 예전 같았으면 못 본 척 피해 갔을 텐데, 그냥 가벼운 인사로 뻘쭘히 지나쳤다. 여교사가 자신을 스쳐 지나가는 학생을 뒤돌아보며 건넨 한마디, '이문세 노래 정말 잘 들었어.'

내가 교무실 책상에 두고 온 카세트 테이프는, 이문세의 「옛사랑」이 담겨 있는 앨범이었다. 내가 좋아하는 것들을 내가 좋아하는 사람에게는 알려 주고 싶은 마음이 있지 않던가. 또한 그 사람이 무엇을 좋아할까를 고민하는 순간들이 있고…. 나도 이미 이문세를 좋아하고는 있었지만, 이문세에 대해서는 나보다 더 잘 알고 있을 세대일 것 같아서….

선생님과 특별한 사이가 되고 싶었던 욕심, 그 바람이 지나쳐 엉뚱하게 미끄러져 버린 관계. 실상 그런 살가운 한 마디를 듣고 싶어서 그렇게 비딱하게 굴었던 것이다. 교직 시절에, 나를 귀찮게 하는 몇몇 녀석들이 나한테 그런 마음이었던 건가 싶어서, 그 시절의 사회선생님을 떠올렸었다. 그제서야 선생님의 마음을 이해하기도 했다.

이문세의 창법을 통해 수많은 명곡들을 쏟아 낸 이영훈이지만, 가사의 시적 완성도가 가장 뛰어난 작품으로 이 「옛사랑」을 꼽았다. 그러나 이문세와 이영훈의 브랜드파워 치고는, 발매 당시에는 대중들의 반응이 신통치 않았던 노래였단다. 발매 당시로부터 오랜 시간이 흘러서야 오래도록 사랑받는 이문세의 대표곡이 된다. 이문세라는 가수의 특징을 대변하는 가장 이문세다운 곡이기도 한 셈이다.

찬 바람 불어와 옷깃을 여미우다
후회가, 또 화가 난 눈물이 흐르네

그 시절에도 이영훈의 가사가 무슨 말인지 모르진 않았다. 그런데 나이가 들어서도 그것이 무슨 말이었는지를 새삼 깨달아야 하는 순간들을 다시금 마주하게 되는 경우가 있다. 다 안다고 생각했는데, 여전히 모르고 있었던 것들. 너무 어른인 척하다가 도리어 어른스럽지 못하게 굴었던 날들. 사랑한다는 말이 하고 싶었던 것인데, 오히려 상대를 불편하게 하는 표현들만 늘어놓고 있었던 오해와 착각들.

광화문 연가

연인들의 거리로서 광화문을 추억할 정도의 나이는 아니지만, 광화문에서 이별을 겪은 후에는 「광화문 연가」가 묘사하고 있는 광화문의 풍경 모두를 추억으로 간직하게 되었다. 종각역에서 그녀와 만난 어느 겨울날. 노랫말 속의 동선을 염두에 두고 걸었던 건 아니었는데, 그냥 마지막을 예상하고 있던 어색함에 떠밀려, 마지막을 각오한 단호함에 이끌려, 말없이 걷다 보니 어느새 광화문이었다.

두 걸음의 목적지가 광화문으로 합의된 것은 아니었지만, 그녀도 나도 이미 알고 있었다. 앞서 걷고 있던 그녀가 돌아서 이별을 말하기에는 최적의 타이밍이란 사실을….
작정하고 나온 입장에서는 무척이나 자연스러운 모양새였다. 그러나 예감하고 있었던 입장에서는 어떤 타이밍도 다

어색하다. 나도 멋지게 돌아서고 싶었는데, 지금까지도 사랑 앞에서는 멋지게 돌아서 본 기억이 없는 개인사.

한동안 보신각의 종은 내게 있어 파블로프의 그것과 별다르지 않았다. 잘 잊고 지내다가도 도로 이정표에 적힌 '광화문'이란 자모 조합에 가슴이 저려 오는…. 그런데 참으로 얄궂은 사람의 인연, 그녀와 헤어진 날 이후부터 나는 그 근처를 지날 일이 유난히도 많았다. 다시금 지나칠 때마다 떠오르는, 진눈깨비가 내리던 어느 겨울날의 질척한 광화문 거리에 두고 온 거짓말. 다시 돌아올 때까지 기다리겠다고 했는데, 실상 먼저 마음이 돌아선 것은 내 쪽이었는지도 모르겠다. 이별의 순간, 그 한참 전부터…. 결국엔 그래서 이별이 된 것이겠지만….

끝이 난 곳에서 다시 시작되는 인연이라고 믿고 싶었던 것일까? 이후에 만난 사랑은 집이 광화문 근처였다. 먼 거리로의 이동을 귀찮아하는 성향 탓에, 광화문 주변에서 만나는 일이 잦았더랬다. 그러나 5월의 꽃향기도, 눈 내린 조그만 교회당도 내 기억 속에선 희미하다. 광화문 거리를 다정히 걸어가는 연인이었던 날들보다는, 덕수궁 돌담길서부터 시작된 싸움이 언덕 밑 정동길까지 이어지는 날들이 더 많았던 듯한 느낌.

마지막을 예감하고 찾아간 날엔 끝내 나오지도 않았다. 우리의 만남은 이미 '저번'이 마지막이었다. 다시 광화문을 덧난 상처로 남겨 둔 채, 흰 눈에 덮여 가는 광화문 네거리를 홀로 빠져나와야 했던, 또 어느 겨울날. 광화문으로 남은 상처가 광화문으로 치유되는 꿈을 써내려 가던 시나리오는 내 머릿속에서 폐기됐다.

한참의 시간이 흐른 후, 나는 또 다른 인연을 광화문에서 만나게 된다. 비록 의도치 않게 리미티드 에디션이 되어 버렸지만, 나에게 많은 신뢰를 보내 준 고마운 출판사를 통해 2권의 책을 출간할 수 있었다. 언젠가는 심장이 멈출 듯한 절망으로 걷고 있던 곳을, 다른 시간에는 심장이 다시 뛰는 희망으로 걸어간다. 이젠 광화문 거리를 걸으면서도 그녀들과 함께 걸었던 그날들을 떠올리지는 않는다. 광화문에서 나의 주된 관심사는 근처 교보문고의 상황이다.

언젠가는 우리 모두 세월을 따라 떠나가지만, 덕수궁 돌담길에, 언덕 밑 정동에, 광화문 네거리에 아직 남아 있다. 사랑하는 만큼이나 아파해야 했고, 그 아픔만큼이나 옹졸했던 나의 이야기, 그리고 그대만큼이나 사랑하는 세상을 발견한 나의 이야기.

문라이트 플라워(Moonlight Flower)

고3이던 해, 수능 시험을 마치고 대학전형이 시작되기 전까지 이어진 아주 잠깐의 태평성대. 그때까지만 해도, 대학이란 곳을 가지 못할 미래가 그 평온함 뒤에서 기다리고 있었다는 사실을 알지 못했지만, 돌아보면 그 잠깐의 시기만큼이나 마음 편한 시절도 없었던 것 같다. 나중에 가서는 무료함을 느낄 정도로 넘쳐 났던, 그때는 '여분'으로 주어진 시간인 양 기억 저편으로 의미 없이 날려 보낸 숱한 '여유'의 나날들. 그 여유의 시간을 이용해 아르바이트를 하는 친구들이 더러 있었다. 그리고 친구들이 일하는 카페에 죽치고 앉아 창가의 투명한 그림자로 기울어 가는 여분의 시간을 죽이는 친구들이 있었다. 나는 후자에 속했다.

또 어느 하루의 무료함을 달래려 친구가 일하고 있는 카페를 찾은 날. 우연에 실려 무료함을 헤집고 들어온 음악 하나. 그저 스쳐 들은 멜로디의 끝부분이 며칠 동안 머릿속에서 떠나가질 않았다. 다음 번에 다시 그 카페를 찾아갔을 땐, 무료함을 달래는 것 이외의 목적도 있었다. 친구에게 그 음악의 제목을 물어보았지만, 아무것도 적혀 있지 않은 공CD에 녹음된 음악들은 목록조차 알 수가 없었다.

기억으로 남겨 두겠다는 의지까지는 아니었는데, 이미 내 입술이 허밍으로 잡아 두는 기억이 되어 있었다. 그 이후 기회가 있을 때마다 음악에 조예가 깊다 싶은 지인들에게 물어보았지만, 절대음감이 아닌 자의 허밍만으로는 도통 알아지지가 않던 제목.

한참의 세월이 흘러, 제목에 대한 갈망은커녕 노래에 관한 기억 자체가 희미해질 즈음, 나는 대졸 백수가 됐다. 소속이란 걸 잃어버린 대신 부당한 여유를 짊어진 듯한 좌절감에 새어 나오는 한숨으로 호흡하고 있던 날들. 마음을 정리하고자 내려온 고향집에서 맨 처음 눈에 들어온 건, 장롱 위에서 먼지가 쌓여 가는 건반과 끊어진 줄을 갈지 않은 채로 방치된 클래식 기타였다. 언젠가는 내 열망과 함께하던 것들. 취업에 실패한 나를 맞이하는 것은, 내가 두고 간 그대로 시간의 더께를 뽀얗게 뒤집어쓰고 있는 예전의 꿈들이었다.

왜였을까? 답답한 마음은 책장에 꽂혀져 있는 「팝송대백과」를 집어 들어, 그것에도 묻어 있던 시간의 흔적을 닦아 냈다. 그리고 줄이 모자란 기타를 들고서, 우연히 펼친 페이지의 멜로디를 튕기며 먼지와 함께 엉겨 있던 시간을 털어 냈다. 제목부터가 아는 노래가 아니었다. 그런데 왜 그 페이지였는지는 모르겠다. 단지 답답한 마음이 멈춘 곳이었을 뿐인데, 그토록 제목을 알고 싶어 했던 기억 속의 멜로디가 모자란 기타줄에 어리고 있었다. 그토록 찾아 헤맨 멜로디가, 찾아다니기 훨씬 이전부터 집 안 책장에 꽂혀 있었다.

Come with me in the silence of darkness

나와 함께 밤의 고요함속으로 가요.

I want to show you secrets of life

당신에게 삶의 신비들을 보여 드릴게요.

I`ll guide you where dreams could take you

매혹적인 꿈들이 가득한 곳으로 안내해 드릴게요.

She said and flew away in the night

그녀는 그렇게 말하며 어둠 속으로 사라졌어요.

You're the moonlight flower

당신은 밤에 피어나는 꽃입니다.

You're the voice of the night

당신은 밤의 속삭임입니다.

When you call I will follow

당신이 나를 부르면 따라갈께요.

We'll leave on the trip of delight

우리 함께 기쁨의 여행을 떠나요.

우연에 실려 귓가로 찾아든 음악의 제목을 살펴보니, 「Moonlight flower」이라는 곡. 물론 그 상황에서 노래 하나가 가져다준 작은 기적이, 현실적인 고민에 지쳐 있던 마음의 피로감을 달래 주진 못했다. 이미 어떤 의미도 되지 못하는, 한낱 노래 하나에 불과했다. 하지만 삶을 바라보는 시선에 관해 깨달은 듯한 사실이 그나마의 위로가 되어 주긴 했다.

늘 가까이 있었던 것을 찾지 못해 다른 곳을 헤매고 돌아다녔다. 파랑새를 곁에 두고 그것이 파랑새인지를 몰라 엉뚱한 곳을 헤매던 치르치르와 미치르처럼…. 이미 내 곁에 다가와 있는 모든 것들이 그러하리라. 내게서 발견되기 전까지는 '나타나지' 않는다. 내가 깨닫기 전까지는 '현재'가 되지 않는 것들. 그 모두가 아직 미지의 미래일 뿐이다. 어둠이 내려앉아야 봉우리를 피우는 것들도 있다는 사실을 모른 채, 동이 터오기까지 오롯하게 아침을 위한 기다림으로만 채우는 시간들처럼….

이승환 앨범에 관한 추억

이현도, 유영석, 신해철, 이승환, 윤상, 오태호… 학창 시절에 모든 앨범을 구매해야 했던 뮤지션들. 그것들을 보관하던 케이스에 차곡차곡 꽂혀 있는 풍경을 바라볼 때마다 흡족했던 기분, 아마도 그것들의 물성까지 욕망했었던 것 같다. 훗날 한국가요의 황금기로 추억되는 그 시절엔 여간한 인기가수는 다 100만 장 이상의 판매고를 기록했었다. 어느 순간부터는 내 나름의 기준에서 '뮤지션'의 호칭이 어울리는 이들의 앨범만을 사 모았었다.

여느 작가들처럼 책에 관한 열망, 내겐 없는 편이다. 내 마지막 소장욕은 학창시절과 더불어 사라져 갔다. 그러나 언제고 「응답하라」 컨셉으로, 그 시절의 앨범 자켓 디자인으로 출간을 해보고 싶기도….

수능이 끝나고 아주 잠깐 누려 본, 다시 없을 태평성대. 실기고사까지 봐야 했던 내겐 더 짧은 잠깐이었다. 이때 한 친구 녀석이 카페에서 아르바이트를 했었는데, 거기서 틀겠노라며 우리 집에서 이승환의 최신 앨범 CD를 가져갔었다. 태평성대도 하루 이틀이지, 그 여유와 자유가 마냥 즐겁지만도 않았던 것 같다. 난 비록 그해에 대학으로 진학하지 못했지만, 입시를 끝마친 친구들은 매일같이 다른 친구들이 일하는 이 카페에서 저 카페로 옮겨 다니며 시간을 죽이는 게 일상이었다.

내 측근들이 자주 모이는 장소는 그 친구가 일하는 카페였다. 우리 집에서 가져간 이승환 앨범의 전곡이 하루종일 흘러나왔다. 내 방 안을 가득 울리던 선율들이 보다 넓어진 공간을 나뒹굴며, 마치 카페 안의 모든 손님들에게 내 사연을 들려주고 있는 듯했던 느낌이었다고나 할까? 물론 손님들의 절반가량은 언제나 우리 학교 친구들이었지만….

그 CD들은 끝내 회수되지 않았다. 졸업식 이후에는 그 친구와 연락이 닿지도 않았다. 서로가 전역을 한 후에 터미널에서, 나는 서울에서 내려오는 중에, 녀석은 서울로 올라가는 중에 한 번 마주친 적이 있었다. 그때는 이미 녀석이 빌려 갔던 이승환 앨범에 관한 기억도 없었다.

이젠 이승환의 지난 앨범을 되찾는다 해도, 그 CD를 플레이할 수 있는 기기를 지니고 있지 않다. 내 방 안을 채우고 있던 모든 것들이 언제 그렇게 다 사라져 버린 것일까? 실상 우리가 잃어 가고 있는 것들의 속성들이 대개 이렇지 않나? 한때는 애지중지했었는데, 그것이 사라졌다는 사실도 모른 채 한참의 세월을 보내고 나서야 문득 떠오르는 것들.

bridge over troubled water

정동진에서의 일출을 보기 위해 누군가와 함께 청량리 발 강릉행 밤기차에 오른 적이 있다. 잠결에 도착한 새벽녘의 정동진역. 그 옆은 어둠속에서 잔잔히 흘러나오던 사이먼 & 가펑클의 「bridge over troubled water」. 내 음악적 소양을 자랑하고 싶었던 것일까? 그 사람에게 이 곡이 비틀즈의 「Yesterday」 다음으로 많이 리메이크가 된 노래라는 사실을 말해 줬다.

그때만 해도 알지 못했다. 리메이크가 많이 된다는 건 그만큼 대중들에게 사랑을 많이 받는다는 것, 그만큼 내가 살아가면서 우연히 들을 기회도 많을 것이란 사실을…. 그리고 그때마다 그날의 그녀를 떠올릴 것이란 사실을…. 그녀는 이 노래를 기억할까? 아니 이 사연 자체를 기억이나 할까?

그날의 겨울바다는 내게서만 추억인 풍경은 아닐까? 누군가에게 잊혀진 존재가 된다는 건 그런 아쉬움이다. 이후 그녀는 다른 누구와 함께 다시 다녀갔을까? 그날 이후로 난 정동진을 가본 적이 없다. 그녀와의 추억으로만 남기고 싶었던 이유는 아니고, 그냥 어쩌다 보니 갈 일이 없었다.

일부러라도 한 번 찾아가 본 적이 없다는 사실엔, 나는 또 얼마나 그녀를 기억하고 있는지를 되물어야 할 판이다. 서로에게 잊혀진 존재들에게, 아침빛으로 물든 겨울바다를 걸었던 추억은 서로에 대한 것일까? 스스로에 대한 것일까?

어느 뮤지션에 대한 질투

아주 오래전, 아직은 미니홈피의 명맥이 유지되던 시절의 일이다. 왜였을까? 그때 왜 하필 그 녀석의 이름이 떠올랐던 것일까? 녀석이 어떻게 살고 있는지가 궁금해 싸이월드에 녀석의 이름을 검색해 들어간 순간, 어라? 포털의 메인에 녀석의 신상 정보가 뜬다. 한 대형기획사에서 믹싱엔지니어링을 맡아 보고 있었다.

녀석은 중학교까지는 서울에서 다녔고, 아버님이 지방 국립대로 부임하시면서 나랑 고등학교 동창이 되었다. 결코 나와 친해질 성향은 아니었지만, 그럭저럭 친분이 유지될 수 있었던 이유는 단순했다. 내 앞 번호였다. 그 시절부터 베이스기타를 연주한다는 사실은 알고 있었지만, 그저 '취미 삼아'인 줄로만 알았다. 뮤지션으로서의 꿈을 키우고 있었다는 사실을 미처 몰랐을뿐더러, 더 솔직히는 관심도 없었다. 아마도 집안 배경에 대한 내 선입견이었을 게다. 착하고 얌전하고 교양 있는, 전형적인 상류층의 모습으로 기억하고 있었기에, 미니홈피의 프로필로 올려진 비주얼 락커로서의 짙은 스모키 화장이 사뭇 낯설기도 했다.

마지막으로 그 친구와 마주친 건 대학교 1학년 때. 대학로 거리에서 기타를 둘러메고 가는 녀석을 우연히 만나, 근처의 대학을 다니고 있다는 사실도, 음악을 계속하고 있다는 사실도 알게 되었다. 한참의 시간이 흐른 후에, 내가 다시 알아야 했던 사실은, 뮤지션으로서 살아가고 있는 그의 삶이었다.

미니홈피에 어떤 워딩을 남기지는 않았다. 그러고 싶지도 않았고, 그럴 필요도 없었고…. 뭐랄까? 열등감, 회한, 질투였다고 해야 하나? 비교적 좋은 집안에서 자라난 엄친아가 유리한 환경적 조건을 뒤로 한 채, 묵묵히 자신의 꿈으로 살아가는 모습을 훔쳐보며 느낀 상대적 박탈감. 학창시절의 나는 설익은 재주를 남들 앞에서 뽐내려 드는 학생이었다. 정작 그 소란함에 부합하는 노력은 없었던, 그저 겉멋 가득한 꿈에 갇혀 살아가는 몽상가적 날라리. 물론 그런 시절이 있었기에 가능한 것들도 있었고, 삶의 어느 순간부터는 반성의 거리를 붙잡고라도 살아가는 것일 테지만, 나는 내 과거를 살아가는 듯한 성향들을 별로 안 좋아한다. 무슨 생각을 하는지, 어떤 상황인지가 빤히 보이거든.

미래를 품기에도 비좁았던 마음은 무언가를 놓지도 못하고 있었다. 남들이 해야 하는 건 나도 다 해야겠고, 즐길 건 다 즐겨야겠고…. 가뜩이나 비좁은 마음속엔, 친구가 이루어 낸 성공에도 박수부터 쳐주지 못하는 질투심까지 들어차 있다는 사실마저 깨달아야 했던, 내 알량함이 너무나 한심해 보였던 어느 날. 씁쓸하고 헛헛한 기분으로, 작은 술잔에 담긴 쓰디쓴 소주를 공복으로 털어 넣으며, 내 안의 모든 좁은 것들을 적셨다.

그로부터 10년 후, 왜 아직까지도 녀석한테 진 것 같은 느낌이 들지?

그대에게

김종진 고려대, 이승환 외대 중퇴, 유영석 아주대에서 서울예전으로, 윤상 경희대, 김현철 홍익대, 장호일 서울대, 이적 서울대, 김동률 연세대…. 지극히 내 기준이었지만, '뮤지션'이란 호칭에 부합하는 가수들이 죄다 명문대 출신이던 시기가 있었다. 자기 전공이 따로 있어도 과감히 음악의 길을 택한 모습들이, 어린 맘에도 근사해 보였던 것 같다. 때문에 내게도 대학은 꼭 가야 하는 곳이었다. 전공이 뭐든 간에, 일단 'in 서울'에 성공한 이후 멋지게 그 전공을 떠나 주려고 했는데…. 그로부터 20년 후, 여지껏 전공을 떠나 본 적은 없으며, 되레 그 덕을 보고 사는 경우다.

학창시절에 좋아했던 뮤지션들 중에서도, 신해철의 '서강대 철학과'라는 프로필은 어찌나 멋있어 보이던지. 실상 철학과를 나와서 뭘 하고 살 것인가에 대한 현실적인 질문보다는, 그의 음악을 대변하는 듯한 전공에 대한 선망이 앞서 있었다. 역시 철학과 출신은 다르다며…. 그러고 보면 어린 시절에도 '철학'이라는 기표에 대한 열망은 있었던가 보다. 학창시절에는 선망의 대상이었던 어느 뮤지션의 전공이 이젠 나의 일상이 되어 버렸다. 그가 써내린 어느 노랫말처럼, '고흐의 불꽃같은 삶도, 니체의 상처 입은 분노도', 내가 채워 나가는 한 꼭지, 한 페이지, 한 권이다.

30년의 세월이 무색할 정도로, 여전히 새내기들에게 이것이 대학 문화라는 사실을 알려 주고 있는, 대학 밴드들에겐 「붉은 노을」과 더불어 궁극의 레퍼토리이기도 한 무한궤도의 「그대에게」. 피겨스케이팅이나 리듬체조에 비유하자면 규정 종목과 같은 의미인 듯하다. 이 노래를 누가 더 잘 부를 수 있는가로써 보컬의 역량이 판가름 나는….

이 노래의 생명력은 언제까지일까? 시대가 변하고 세대가 바뀌어도, 대학가의 봄은 언제나 신해철의 스무 살 시절을 소환한다. 그의 음악이 누군가에게는 청춘의 표상이었다면, 그의 청춘은 매 시대의 청춘들 사이에서 이미 신화가 되어 있다. 매 시대의 청춘들이 자각을 하든, 그렇지 않든 간에….

그 시작을 알리는 시그니처 전주에서부터 달아오르는 청춘의 열기엔 시대 차도 세대 차도 없다. 오늘의 청춘들이 내지르는 환호는, 88년을 청춘으로 살았던 이들의 그것과 다르지 않다. 「붉은 노을」도 마찬가지의 경우이지만 「그대에게」의 전주 부분은, 당시에 큰 인기였던 야니의 뉴에이지 같은 느낌이다. 게다가 신해철의 대학가요제 영상은 얼핏 야니의 아크로폴리스 공연 실황을 연상케도 하는, 그야말로 그리스 연극에 등장할 법한 젊음의 찬가.

세대를 막론하고, 우리가 기억하는 신해철의 표상은 언제나 이 시점이 아닐까? 스무 살 시절의 앳된 얼굴로 신화가 된 그의 마지막 페이지는 이렇게 말하고 있는 듯하다. 청춘들이여, 신화가 되어라! 그 마지막 페이지에는, 「그대에게」라는 노래를 알고 있는 많은 청춘들의 이야기도 함께 적혀 있을 것이다. 먼 훗날에 돌아보니, 파릇파릇한 신해철이 목 놓아 부르던 「그대에게」는, 가장 아름다웠던 날들의 '우리에게'라는 의미이기도 했다.

붉은 노을

교직으로 발을 딛은 초창기에 동방신기, 슈퍼주니어, 소녀시대, 원더걸스, 빅뱅이 잇달아 데뷔를 했다. 그리고 아주 오래전, 어른들이 왜 서태지와 아이들의 음악을 이해 못 했었는지, 그 심정을 조금씩 이해하기 시작한 시기이기도 하다. 언젠가부터 잘 들리지 않고 있던 '요즘 음악'. 때문에 학생들과의 거리를 좁혀 보겠노라, 노래를 일부러 찾아 들어 보고, 멤버들 이름을 외우는 노력을 잇댔던 나름의 자기계발.

이젠 빅뱅의 멤버들 모두가 그 시절의 내 나이를 넘어선 시절. 또한 그 시절의 학생들이 어느 노래방에선가 '서른 즈음'을 부르고 있을 나이. 몇 달 전의 신보가 금방 구제가 되어 버리는 시대에, 누군가는 이젠 세월의 극간을 채우는 학창시절의 추억으로 빅뱅의 히트곡을 찾아 듣고 있을지도 모를 일이겠다. 내게도 빅뱅은 '거기서 멈춘' 학교에 관한 한 자락의 추억이다.

다른 직장보다는 조금 더 이른 시간에 출근을 해야 했던 교직 시절 내내, 억지스레 단잠을 깨치며 꿈속으로 찾아들던 알람. 항상 꿈결 너머에서 들려오는 빅뱅의 「붉은 노을」은, 나를 현실로 소환하는 몽환적 주문 같은 느낌이었다. 늘 진동모드로 되어 있는 내 핸드폰이 유일하게 소리로 울리는 아침 기상 시간. 나는 항상 방 안 가득 울리는 「붉은 노을」로 창가에 터오는 푸른 새벽을 맞이했다.

나는 어려서부터 이 노래를 좋아했다. 내가 가수 이문세를 '밤의 대통령'으로 기억하는 세대인 것도 아니다. 그렇다고 내게 어떤 사연이 있는 「붉은 노을」도 아니었지만, 이문세의 노래 중에 이 곡을 유독 좋아했다. 수많은 후배들에 의해 리메이크된 버전이 존재하지만, 개인적으론 그 모두가 이문세의 원본에는 못 미치는 것 같은 느낌이다.

그러던 어느 해, 빅뱅이 이 노래를 리메이크했다. 나는 지드래곤의 음악을 좋아한다. 물론 그도 다 이해하는 것은 아니지만, 그냥 이 친구가 좋다. 서태지와 듀스의 음악과 함께 자란 세대가 그나마 공감할 수 있는 기승전결을 갖춘

'요즘 음악'이었다고나 할까? 더군다나 내가 좋아하는 「붉은 노을」을 리메이크한 이후로 더 좋아하게 되었다.

나 역시 요즘 아이돌 가수의 음악들은 귀에 잘 안 들어온다. 일부러라도 관심을 가져 보기도 하지만, 억지스레 즐기는 척하는 모습이 되레 꼰대 같아 보이진 않을까 싶기도 하고…. 그러다 보니 어쩔 수 없이 젊음의 문화에서 차츰 멀어져 가고 있는 중이다. 누가 어떤 그룹의 멤버이며, 그 그룹이 무슨 노래를 히트시켰는지, 알고 싶은 마음이 크지도 않을뿐더러, 잘 알아지지도 않는다. 삶의 어느 순간부터, 요즘 유행하는 음악보다도 신경 써야 할 요즘의 문제들이 많이 생겨나기 시작하는 것 같다. 그나마 교직 시절의 초창기이었기에 학생들이 좋아하는 문화에 관심을 기울였던 노력이 딱 빅뱅까지였다.

빅뱅이 「붉은 노을」을 리메이크했던 해는, 유난히 많은 사건 사고를 겪었던 시기이기도 하다. 개중에는 정말 안타깝다 못해 화가 치미는 사연도 있었고…. 아마 그해부터였던 것 같다. 교직에 대한, 어른에 대한, 아니 사람에 대한 염증을 느끼기 시작했던 때가…. 세상 끝으로 져가던 어느 날의 하늘, 무언가를 잊지 않기 위한 반성과 각성의 색깔로 정해 놓은 것인지, 아직도 내 알람은 빅뱅의 「붉은 노을」

이다. 그리고 글쟁이가 된 이후에는 그 해에 있었던 일들을 소설로 각색해 출간을 했으나, '눈물 흘러 아무 말 없지만….'

학생의 시절에는 이문세의 「붉은 노을」을, 교사의 시절에는 빅뱅의 「붉은 노을」을, 글쟁이로서는 소설 「붉은 노을」을. 내 인생의 변곡점마다 걸쳐 있던 붉은 노을'들'. 실상 많이 깜빡깜빡하고 사는, 매일같이 노을빛으로 옅어지고 무뎌지는 반성과 각성이기도 하다. 내 맘 같지 않은 세상 앞에서, 그렇게 옅어지고 무뎌지고 약해진다. 아직 해야 할 일이 있는데, 지치면 안 되는데….

난 너를 사랑해! 이 세상은 너뿐이야!

소리쳐 부르지만, 저 대답 없는 노을만 붉게 타는데….

그 시절, 우리가 좋아했던 아나운서

아나테이너의 초창기에 있었다고나 할까? 그 시절에 꽤 인기가 많았던 아나운서. 물론 나도 많이 좋아했다. 편집 업무를 맡은 이후, 출판사로 모실 새로운 저자분들을 찾던 중에, 우연히 어떤 검색어와 관련해서 다시 그 소식을 접했었는데, 마침 어느 매체에 칼럼을 연재하고 계셨다. 이런저런 이력을 거쳐 현재는 전업작가로서의 인생을 살아가고 있다는 사실을 확인하고서, 인스타그램을 통해 제안의 서두를 고백으로 대신했다. 예전에 엄청 좋아했던 팬의 입장에서, 사심을 담아서 드리는 연락이라고….

언론학 박사이기도 하시고, 한 대학에서 신문방송학과 교수직을 맡은 적도 있으셨고, 해서 그 영역에 대한 열망도 있으시지 않을까 싶어서 연락을 드려봤던 것. 마침 그런 열망에 대한 답장을 주셨고, 얼마 뒤 거주지인 압구정에서 만나 뵀다.

90년대의 압구정 로데오 거리는 연예인을 많이 볼 수 있는 장소였다. 직접 확인해 본 적이 없어서 잘은 모르겠는데, 뭐 그랬단다. 내겐 한 학번 후배의 부모님이 여기서 치킨집을 운영했던 인연밖에 없는 동네라…. 압구정 로데오에서 저자분과 나눈 기획에 관한 이야기. 그러다 잇대어진 90년대 이야기. 누구나 자신의 화양연화 시절을 문화의 전성기로 기억하겠지만, 실제로 90년대는 한국의 모든 영역에서 '벨 에포크'였단다. JYP는 80년대가 모든 문화의 황금기라고 말하곤 하는데, 80년대가 꽃이었다면, 90년대는 열매였다고 할 수 있을까? 그 상징적 공간으로서의 압구정이기도 했을 테고.

그 압구정에서, 그 시절에 좋아했던 아나운서와의 만남. 내겐 여전히 류시원과 함께 「뮤직뱅크」를 진행하던, 그 시절의 황유선이었다. 산다는 게 재미있기도 하지. 스무 살 시절에 좋아했던 아나운서를 이런 인연으로 만나기도 하니…. 이 나이에 그 시절처럼 가슴 설레고 할 게 뭐가 있겠나. 그래도 기분이 조금 묘하긴 했다. 하여 가슴 설레고 할 나이는 아님에도, 압구정에서 처음 만나 뵌 날의 분위기는 거의 팬미팅였다는 거.

이런저런 이야기를 나누다가, 언제고 나중에 하고 싶은 기획이 있으신지, 스마트폰에 가득 저장되어 있는 여행사진들을 보여 주시던 중 스친 앳된 시절의 증명사진.

"어머! 예뻐라!"

나도 모르게 새어 나온 감탄. 그러나 또 그 시절에 대한 예찬이 그녀의 지금에 대한 예의는 아니지 않을까 하는 생각을 뒤늦게 문득. 물론 지금도 여전히 아름다우신데, 잠깐, 그러나 한참의 느낌으로 과거의 자신을 들여다보던, 그 순간에 지어 보인 알쏭달쏭한 표정을 내가 보고 말았다.

「슬램덩크」와 관련해서 쓴 저서의 일부 취지는, 그 만화 속의 인물들이 그로부터 20년 후인 지금엔 어떤 모습으로 변해 있을까에 대한 가상의 미래를 상상해 보는 것이었다. 그로써 지금의 우리는 어떤 20년 후를 살아가고 있는가에 대한 반문도 아울러 던져 보는 것. 황유선 작가님과의 만남도 약간 그런 느낌이었다. 그로부터 20년 후의 그녀로부터 깨닫는 나의 20년 후. 작가님에게 그런 이야기를 한 적도 있었는데, 내겐 「슬램덩크」와 더불어 현재진행형인 추억이라고….

때문에, 가끔씩 만나 뵙는 사이지만, 작가님을 편집자로서만 대한 적은 없는 것 같다. 작가님이 쓰시고 싶은 원고가 얼마나 반향이 있는 책으로 서점가에 놓여질 것인가, 물론 함께 고민은 하는 문제이지만서도, 시장으로 환산되는 가치가 앞서는 것 같지는 않다. 그런데 겪어 보니 그게 꼭 좋은 태도는 아닌 것 같아. 저자분들도 내게 편집자로서 기대하는 바도 있는 것이지, 그걸 추억과 낭만으로 퉁칠 수만도 없는 일. 짧은 편집자 경험으로 느낀 바는 그런 점.

4. 늦게 도래한 화양연화

빛의 격

"홍콩을 떠나기엔 홍콩의 야경만큼은 너무 아까워."

영화 「영웅본색」에서 나온 주윤발의 대사. 침사추이(尖沙咀)에서 바라본 바다 건너편의 야경으로 그 심정을 대번에 이해할 수 있었다. 이미 30여 년이 지난 주윤발의 술회를 직접 눈으로 담으려면, 가장 눈에 띄게 높은 건물 몇 개는 사라져야 한다. 그것들이 있기 전부터도 홍콩의 밤은 아름다웠었던가 보다.

야경으로 유명한 도시. 아니 유명한 도시들은 모두 저마다의 야경을 지니고 있다. 밤을 수놓는 빛에너지는 곧 국격을 대변하기도 하지 않던가. 홍콩보다 더 크고 화려한 야경을 지닌 도시들은 많이 있을 테고, 홍콩이란 도시에 큰 의미부여를 하지 않는 세대에게는 그런 야경들 중 하나에 불

내 어린 시절에 담은 홍콩 영화의 어느 장면을 여행으로 마주친 순간, 거기엔 다른 이들이 살아가는 일상이 있었다.

과할 것이다.

그러나 홍콩을 추억으로 간직하고 있는 세대에게는 그 야경이 '향수'를 떠안고 있는 '격'이다. 자신이 아름답다는 사실을 알고 있는 미인의 도도함처럼, 자신의 격을 알고 있는 듯한 도시의 자태. 마치 어둠이 내려앉기만을 기다리고 있었다는 듯 줄지어 서 있는 빛의 마천루들. 그 아름다움이 아쉬워도 그 자리에 두고 돌아설 수밖에 없는 것들이 있다. 어차피 내 것이 아닌 이상은 가져갈 수도 없는…. 홍콩의 야경처럼 순간의 시력으로 밖에 담을 수 없는 아름다움.

그런데 내겐 그 야경 뒤를 채우고 있는 일상들이 그렇게 눈에 들어왔다. 내 어린 시절에 담은 홍콩 영화의 어느 장면을 여행으로 마주친 순간, 거기엔 다른 이들이 살아가는 일상이 있었다. 여행과 일상이 교차되는 지점, 돌아보니 이후에 도래할 시간에 대한 예고이기도 했다.

학교를 떠나오던 해 여름, 홍콩으로 떠난 여행. 키에르케고르가 이르길, 결단의 순간은 일종의 광기란다. 그때는 무슨 생각으로 그랬던 건지, 왜 글을 쓰겠다는 마음을 먹었던 건지, 잘 모르겠다. 당시만 해도 금방 뭐가 될 줄 알았지. 일단 출간 계약도 맺은 상황이었으니. 그래서 홍콩 느와르 세대의 향수에 관한 에세이를 기획하고 간 여행이었는데, 기대처럼 술술 써지지는 않았다. 조금 더 생각을 정리한 후에, 조금 더 구체적인 기획으로, 언제고 다시 한 번 들러 보고자 했던 기약도 이렇듯 세월 속에 무뎌지고 있다. 그리고 어쩌다 그 여름에 두고 온 이야기가 되어 버린….

내 '탈주'가 후배 놈에게 큰 자극이었던지, 아주 오래전에는 영화감독을 꿈꾸었던 석화도 그 시기에 직장을 그만두고 나와 함께 홍콩행 비행기에 올랐다. 퀄리티 있는 사진은 녀석에게 맡겼는데, 파일을 다 날려 먹었다. 그래서 폰카로 찍은 몇 장만이 남아 버린 여행.

To you

In the rain, I'm all alone. running in the rain for you.

I want to give my life to you, to you.

내 또래의 초등학교 시절에 센세이션을 일으켰던, 주윤발과 왕조현과 장국영으로 이어지는 홍콩 스타들의 대박 CF들. 장국영의 「To you」는, 어린 나이에도 그 멜로디가 어찌나 좋았던지, 처음으로 가사를 외워 본 팝송(?)이었다. 그다음이 비틀즈의 「Yesterday」였으니.

비가 오는 날에 떠오르는 음악 중 하나. 나중에는 북경어 버전의 가사도 외웠지만, 광둥어 버전 가사를 살펴봐도 '비' 이야기는 나오지 않는다. 한국에서의 CF 때문에 일부러 영어로 개사를 한 것이었단다. 그런데 당시 광고업계에서는 금기를 깬 '비'였다고…. 고독까지 감미로울 사랑으로 속삭여야 할 초콜릿 광고에, 이런 슬픈 분위기로의 기획이 꽤나 획기적인 사건이었던가 보다. 연작으로 이어지는 스토리의 광고도 거의 처음인 경우였던 듯.

어린 시절에 보았던 장국영이 왜 그리도 아련한 기억인가 하면, 나중에 어른이 되면 그런 홍콩 영화 같은 사랑을 하는 건 줄 알았거든. 어린 시절의 상상 속에선, 사랑은 언제나 행복하고 완벽했는데….

For

So many times I let you down.

So many times I made you cry.

당년정(當年情)

"오늘 밤 꿈에 날 보게 될 거예요."

…

"어젯밤 꿈에 당신을 본 적 없어요."

"당연하지, 한숨도 못 잤을 테니까."

「아비정전(阿飛正傳)」의 '발 없는 새'가 흩뿌린 전설의 수작 멘트. 한 시대를 풍미한 전설이나 되니까 가능한 시추에이션. 남자들이 안고 태어난 원죄, 장국영이 아닌 죄.

장국영이 거짓말처럼 세상과 작별을 고한 날. 그가 쓴 유서에는 '감정이 피곤해 세상을 사랑할 수 없다'는 짧은 글귀만이 남아 있었다고 한다. 언론은 앞다투어 영화 「아비정전」에서의 '발 없는 새'를 인용하며 그의 외로웠던 삶을 조명했고, 그를 사랑했던 많은 청춘들은 핏빛으로 스러져 간 지상에서의 마지막 아름다움을 애도했다. 그가 그렇게 그 시절의 청춘들에게서 사라져 갔다.

그날 나는 중문과 수업 중에 교수를 통해 소식을 접했었다. 도대체 교수가 뭔 이야기를 하는 건가 싶었다. 그 순간에는 믿기지 않았던 죽음들. 장국영과 최진실과 마이클 잭슨과 코비 브라이언트…. 그러니 이소룡이 사망했던 날의 충격을 기억하는 세대를 이해하기도, 존 레넌의 죽음을 애도하던 청춘들을 이해하기도….

지금에서 돌아보면, 당시 홍콩을 휩쓸었던 사스(SARS)도 이해가 될 판. 그의 마지막을 지켜보는 시민들은 물론, 장례식에 참여한 많은 연예인들도 마스크를 착용하고 있었다. 지금의 우리에겐 일상인 풍경이니.

첫 책의 출간이 결정되고서, 앞으로의 인생을 어떻게 디자인할 것인가의 고민으로, 언제고 영화인의 꿈을 지녔었던 석화와 함께 홍콩을 찾았다. 발길이 가장 먼저 닿은 곳은 만다린 오리엔탈 호텔. 만우절의 거짓말처럼, '발 없는 새'의 마지막처럼, 장국영이 스러져 간…. 그 지점에 멈춰선 무언가로부터, 나의 다른 시작에 대한 결의를 다지고 싶었던 것 같다. 중국어 전공자로서도 알아듣지 못할 광둥어의 웅성거림 사이에서, 그가 뛰어내린 객실을 올려다보고, 그가 추락한 도로를 내려다보며, 머릿속에 맴도는 「영웅본색」의 주제곡이 실린 걸음걸음으로 호텔 주변을 거닐었다.

擁著你當初溫馨再湧現
心裡邊童年稚氣夢未污染
今日我與你又試肩並肩
當年情此刻是添上新鮮

너를 안으면, 그때의 따스함이 다시 일어나고
마음 속, 어린 시절의 꿈은 아직 변하지 않았네.
오늘의 나와 너, 다시 어깨를 나란히 하고
그때의 정은 지금 이 순간 새로움을 더해가네

고전 한시가 아니라, 아니 한자로 쓰여졌으니 한시라고 할 수도 있겠고, 이미 고전이 되어 버린 「영웅본색」의 주제가이니 고전이라고 해도 무방하겠다. 어느덧 '발 없는 새' 보다도 나이가 많아진 지금, 어쩌다 이렇게 나이만 먹었는지.

오드리 햅번의 아름다운 노화보다 마를린 먼로의 아름

다운 요절이 더 많은 사람들에게 기억되는 이유는, 마를린 먼로에게 노년이 없었기 때문이란다. 성룡은 전설이 되어버린 이소룡의 불꽃같은 삶을 부러워하기까지 했단다. 그래서 그의 트레이드 마크인 대역 없는 스턴트가 늘 목숨을 건 열정일 수 있었노라고…. 노년의 모습을 남기지 않은 장국영 또한 영원한 청춘으로 기억될 것이다. 그리고 우리는 그가 남긴 삶과 죽음의 기록으로 청춘의 시간을 다시 회상할 것이다.

A Better Tomorrow

요새 여기저기서 테마곡으로 많이 쓰이고 있는 「영웅본색」 1편의 ost '당년정(當年情)'. 「영웅본색」을 보고 자란 세대가 이젠 문화산업의 중추에 자리하고 있기 때문이 아닌가 싶기도 하다. 서구 세계가 프레디 머큐리와 마이클 잭슨을 통해 저 자신들의 청춘에게로 보내는 헌사처럼, 아시아의 어느 세대들에겐 그 헌사가 장국영을 향하는 것 같다. 저 '당년정'의 노래 가사를 이해하는 나이가 되어서, '당년정' 그 자체로 멈춘 청춘의 장국영에게로….

聲聲歡呼躍起 像紅日發放金箭

가사를 의역하자면, 저 태양이 쏟아 내는 빛과 같은, 열정적인 환호로 약동하던 시절. 지금의 시절에도 여전히 세상을 비추고 있는 저 이터널 선샤인만이, 이 세상이 그 시절에도 내가 살았던 세상이라는 증거다. 이젠 언제고 그런 날들이 있었나 싶기도, 빛바랜 사진 속의 내가 정말 나인가 싶기도 한데…. 돌아보는 기억 속에서 햇빛 쏟아지던 날들의 풍경은 왜 그토록 찬란하던지. 회상의 관념 속에서만 가능한 몽환의 조도, 그 시대를 뒤돌아보는 세대에겐 '당년정'의 전주부터가 그런 몽환의 심상일 게다.

이 테마의 주인공을 굳이 한 명으로 꼽는다면, 조직의 중간 보스에서 조직의 허드렛일을 도맡는 불구의 몸으로 전락한 주윤발이지 않을까? 주윤발에게 불구의 성질로 전락한 것은 몸뿐만이 아니었다. 이젠 그 무엇도 도모할 수 없는 체념에 갇혀 버린 마음의 문제이기도 했다. 주윤발이 되찾고자 했던 것은 단지 지난날의 영화(榮華)가 아니라, 자신의 본색을 잃어버린 시간에 관한 모든 것이었다. 그런 면에서 영어 제목인 'A Better Tomorrow'는 참 잘 지은 것 같다. 어찌 보면 『잃어버린 시간을 찾아서』의 느와르 버전인 셈.

돌아보면 어느 것 하나 내 것인 적이 없었던, 어느 것 하나 제대로 이루어 놓지 못한 텅 빈 시간들. 그것이 못내 아쉬워 '왕년'에 대한 '정'을 늘어놓기도 하지만, 다시 돌아보면 언제고 내가 영웅인 적이나 있었던가 싶고, 되찾을 본색이 있기나 한가 싶고…. 어린 시절의 나는 어떤 마음으로 이 음악을 듣고 있었을까? 실상 기억도 나지 않는다. 분명한 건 세월이 흘러서야 '당년정'이란 제목이 지닌 뉘앙스를 정확히 이해하게 되었다는 사실. 또한 다시 들려오는 '당년정'은 언제나 'A Better Tomorrow'의 의미이기도 하다는 것.

분향미래일자(奔向未來日子)

누군가는 영화사 최고의 명장면으로 「바람과 함께 사라지다」에서의 클라크 케이블과 비비안 리의 키스장면을 꼽는다. 그렇다면 최고의 명대사는 무엇일까? 「스타워즈」의 I'm your father? 아니면 「터미네이터」의 I'll be back?

총상을 입은 몸으로 절며 끌며 힘겹게 다가선 공중전화 부스, 마지막 힘을 다해 힘없이 부여잡은 전화기. 출산 후 병실에 누워 있는 아내를 안심시키기 위해 이를 악물고 태연한 척, 피를 토하는 입가로부터 전화기 건너편으로 전해지던 장국영의 공기 반, 소리 반. "웨이(喂)!"

내내 부축을 해주고 있던 주윤발을 돌아다보며, 이내 풀려 버린 동공으로 지어 보인 한 번의 서글픈 미소로, "딸이래."

남편과의 마지막 통화라는 사실을 알 리 없는 아내는, 태어난 아이의 이름을 지어 달라고 성화다. 공중전화부스에 기대어 스러져 가는 장국영은, 생의 끝에서 죽을 힘을 다해, 처음이자 마지막으로 딸의 이름을 불러 본다.

장국영이 바닥에 쓰러짐과 동시에 장중히 흘러나오던, 그 유명한 '모 와이 맘 응오'의 가사. 아시아 전역을 검게 물들인 감성, 「영웅본색2」의 진혼곡 '분향미래일자(奔向未來日子)'는 청춘들에게 내일을 향해 거침없이 달려갈 것을 독려했다.

그것을 처음 접했던 시점의 감흥으로만 판단되지 않는, 지금까지 살아온 나의 모든 시간들로 판단이 되는 저마다의 명작들이 있지 않던가. 홍콩 느와르 세대들에게 최고의 명대사와 최고의 명장면으로 남아 있는 영화, 그 숭고한 추억을 간직하고 있던 홍콩의 한 공중전화부스는 이미 오래전에 사라지고 없다. 휴대폰이 소지품으로 인식되기 시작한 지도 한참의 세월이 흐른 지금, 한국에서도 보기 힘든 공중전화는 여기나 저기나 매한가지이다.

만다린 오리엔탈 호텔을 둘러보고, 그다음으로 해야 할 일은 「영웅본색2」에 나온 그 공중전화 부스를 찾는 것. 이미 사라지고 없다는 사실을 알고서 간 것이었지만, 그 비슷한 분위기의 풍경이라도 찾아내 어딘가로 전화를 걸어 보는 시늉이라도 해보고 싶었다. 그러나 장소의 문제는 곧 시간의 문제이기도 했다. 공공시설이 여전히 그 시절의 낡은 풍경을 간직하고 있다는 건, 도시 행정의 나태를 의미하기도 할 터. 영화를 사랑한 팬으로서의 입장과 영화의 풍경 속에서 일상을 살아가는 시민들과의 입장 차는 그렇게 다르다.

겨우겨우 비슷한 풍경을 찾아 한 컷을 담았는데, 막상 찍고 나서 발견한 문제는 공간도 시간도 아니었다. 공중전화 부스 안에서 수화기를 들고 있는 인물이 장국영이 아니라는 점. 영화 속의 공중전화 부스는 수화기를 들고 있는 이가 장국영이었기 때문에 그렇게 아름다웠던 것이기도 했다.

떨리는 수화기를 들고 너를 사랑해 눈물을 흘리며 말해도
아무도 대답하지 않고 야윈 두 손에 외로운 동전 두 개뿐

015B의 「텅 빈 거리에서」에 등장하는 '동전 두 개'가 20원을 의미한다는 사실을 기억하는 세대. 실상 DDD 이전의 그 다이얼식의 그 주황색 공중전화도 기억이 난

다. 어린 친구들은 이게 다 무슨 소리인가 할 게다.

이젠 일부러 아날로그의 가치들을 복고의 유행으로 돌아보지만, 80년대의 풍경이 고스란히 담겨져 있는 80년대 영화와 2017년에 재현하는 「1987」이 다르듯, 영화 속의 풍경을 역사로 배우는 세대와 영화의 풍경 속에서 일상을 살아가던 세대의 서로 다른 소회가, 좁히기 쉽지 않은 세대 차이의 원인이기도 할 것이다.

그러나 그 공중전화가 여지껏 남아 있다면, 그 또한 무심코 지나치기 십상인 일상의 풍경이지 추억의 가치는 아닐 터. 아름다운 추억으로 간직되기 위해서는 또 그렇게 사라져야 하는 것이다. 사라져 버렸기에 더 애틋한 기억으로 붙들어 놓으려 하는 의지인지도 모르겠다. 하여 다시 돌아올 수 없는 날들은 모두가 아름답지 않던가. 청춘의 모습만을 남긴 장국영을 더욱 아름답게 기억하듯. 나쁜 기억조차도 망각의 은혜를 입어 추억의 한 자리를 허락받을 수 있기 위해, 그것들을 저기에 남겨 두고 여기로 멀어져 올 수밖에 없었던 것인지도….

추몽인(追夢人)

학부시절의 어느 학기, 한문과 수업으로 '한시론'을, 중문과 수업으로는 '당송시(唐宋詩)'를 선택했다. 한시 수업을 담당하시던 원로 교수님이 기말고사에서 백거이의 「장한가(長恨歌)」를 외워 써서 내면 다른 시험문제와 상관없이 A 학점을 주시겠다는 제안을 덥석 물었다. 문제는 '시'라고는 하지만 840자에 달하는 장편이라는 점.

더 큰 문제는 같은 시기에 중문과의 당송시 수업에서 기말고사로 주어진 미션이, 백거이의 「비파행(琵琶行)」을 중국어로 외워 구술하는 것이었다는 사실. '시'라고는 하지만 616자다. 그 즈음 매주 외워서 시험을 봤던 『맹자』도 버거울 판에, 1456자의 한시를 따로 외워야 했다.

왜 2과목을 함께 들었는가 하면, 비슷한 성격의 필수과목을 한 번에 끝낼 효율성으로 생각했던 것. 그렇듯 쉽게 가고자 했던 길이 되레 어렵게 가는 길이 될 때가 있다. 어린 시절에 내가 많이 저질러 봐서 아는데, 스스로를 미치게 만드는 원인이 자신의 쓸데없는 '기지'일 때가 있다. 그래서인지 나는 효율성의 기치도 가치도 잘 믿지 않는 편이다. 진득하니 행하는 사람들은, 언제고 그 속도에 대한 맹신들을 추월한다.

하여튼 머리에 쥐가 나도록 시 2편을 외우다가 정말 환장하는 줄 알았다. 먼저 시험을 본 「장한가」는, 그 길고 긴 서사를 적어 내리다가 기억이 나지 않는 부분은 「비파행」 구절로 대신 채우기도 했다. 그런 노력이 가상해 보였는지 「장한가」는 A+가 나왔다. 「비파행」도 B학점으로 선방을 했고….

天長地久 天地所以能長且久者 以其不自生 故能長生

하늘과 땅은 장구하다. 하늘과 땅이 장구할 수 있는 이유는 스스로 만물을 만들어 냈다는 생각을 하지 않기 때문이다.

'천장지구(天長地久)'는 원래 『도덕경』의 구절이지만, 「장한가(長恨歌)」의 마지막 구절로 더 유명하다. 아울러 등장하는 비익조(比翼鳥)와 연리지(連理枝) 같은 단어들 역시, 출처가 되는 원전보다도 「장한가」속의 인용으로 더 유명하다. 「장한가」가 착취한 '유명'이 집약되어 있는 마지막 4행은 다음과 같다.

在天願作比翼鳥 하늘에서는 비익조가 되기를 원하고
在地願爲連理枝 땅에서는 연리지가 되기를 원하네.
天長地久有時盡 높은 하늘 넓은 땅 다할 때가 있건만
此恨綿綿無絶期 이 한은 끝없이 계속되네.

세상 모두가 비난한 사랑이었지만, 정작 당태종과 양귀비 그 둘은 세상이 이해하지 못하는 사랑을 한 것일지도 모른다는 시인의 변호는 노자의 영원함에 기대고 있다.

「무간도」 이전까지는 유덕화를 단 한 번도 좋아해 본 적이 없다. 오천련 같은 경우에는 그녀가 다른 어떤 영화에 출연했는지도 잘 모른다. 그러나 「천장지구」만큼은 어느 영화보다도 좋아하는, 내 인생의 결정적 순간이기도 하다. 또한 영원히 잊지 못할 대학 시절의 '천장지구'적 추억까지 덧댄 경우이기도 하다 보니….

영화의 원제목은 '천약유정(天若有情)'으로, 중국 당나라

시인 이하(李賀)의 싯구절, 天若有情天亦老에서 따온 것이다. 직역하자면, 하늘에게 마음이 있다면 사람처럼 늙어 갈 것이라는 의미. 영화는 하늘에게 마음이 있어 자신들의 힘겨운 사랑을 지켜본다면 하늘조차도 아파할 것이라는 정도의 의미로 차용한 듯하다.

혼미한 정신으로 가까스로 오토바이 핸들을 쥐고 있는 아화(유덕화). 죠죠(오천련)를 뒤에 태우고 슬픈 가로등 아래로 질러가는 순간, 그의 코에서 피가 흐르기 시작한다. 웨딩샵 쇼윈도를 부수고 훔쳐 입은 턱시도와 웨딩드레스, 한 성당 앞에서 그들은 신랑과 신부로서의 영원한 사랑을 맹세한다. 이 사랑을 이해할 수 있는 건 오직 하늘뿐이다. 애초부터 어울리지 않았던 부잣집 아가씨와 건달 사이의 로맨스, 아주 잠깐이나마 그것을 영원이라 믿었던 행복한 순간들. 이전까지 그가 알지 못했던 삶의 많은 의미를 가르쳐 준 사랑이지만, 그 운명을 허락해 준 의리도 저버릴 수는 없다. 아화에게는 그 모두가 영원의 가치들이다.

죠죠가 무릎을 꿇고 신께 기도를 올리는 동안, 아화는 오토바이를 몰래 끌고 나와 조직의 복수를 위한 시동을 건다. 죠죠를 만나기 전까진, 거리의 자식으로 살아가던 그에게 도시의 바람을 가로지르는 속도감이 유일한 삶의 위로였다. 이제 어쩌면 마지막일지 모르는 질주의 옆으로 흐르는 도시의 풍경들. 그 사이로 불어와 뺨을 때리는 바람을 질러가, 삶으로 부는 마지막 바람이 되고자 한다.

「영웅본색」의 '당년정(當年情)'과 함께 시대를 양분했던 「천장지구」의 ost, '추몽인(追夢人)'의 서글픈 선율 사이에서, 아화는 자신이 방황을 일삼던 길거리 위로 스러져 간다. 죠죠와의 마지막 사랑을 영원으로 기억한 채, 결국엔 닿을 수 없었던 잠깐의 꿈을 꾼 것이라는 듯.

让青春吹动了你的长发让它牵引你的梦
不知不觉这城市的历史已记取了你的笑容
红红心中蓝蓝的天是个生命的开始
春雨不眠隔夜的你曾空独眠的日子

청춘으로 흩날리는 그대의 긴 머리카락은 그대의 꿈을 이끌고,
아무도 모르는 사이, 이 도시의 시간은 당신의 미소로 기억되고
붉디붉은 가슴 속에 파란 하늘을 담은, 새로운 삶의 시작.
봄비 속에 밤을 지새운 그대, 홀로 외로운 날들을 보냈던….

뒤늦게 아화가 사라진 것을 알게 된 죠죠는, 웨딩드레스

의 치맛단을 들고서 맨발로 도로 위를 내달리기 시작한다. 아화가 질러간 도로 위에 터오는 푸른 새벽 속을 지친 발걸음으로, 그러나 쉬지 않고 달려가는 쥬쥬, 그녀가 화면 밖으로 사라짐과 동시에 주제곡도 그치고, 텅 빈 푸른 도로 위로 엔딩 크레딧이 올라간다.

질풍노도의 시기에는 영화 속의 캐릭터와 자신을 동일시하는 심리현상이 나타난다. 방황의 이유가 전혀 없음에도, 굳이 센치한 기분을 유지하며 기어이 슬픈 가로등 아래로 바람이 되어 달려가던 에버그린들의 VF 혹은 엑시브. 그때는 외곽도로의 가로등이 왜 그리도 슬퍼보였는지 모르겠다. 내가 유덕화도 아니었고, 그렇다고 오천련의 지고지순함이 내 곁에 있었던 것도 아니었는데….

어쩌면 그 시절에 우리가 열망했던 건, 눈이 시리도록 불어오던 슬픈 가로등 아래로의 바람이 아니라, 가슴 시리도록 불타오르는 사랑에 관한 것이었으리라. 먼 훗날에 깨달아야 했던 사실은, 내 삶에는 단 한 번도 허락되지 않았던 '천장지구'적 열망이었다는 것. 사랑한 순간에는 영화를 잊을 정도로 뜨거웠지만, 돌아보면 너무도 쉽게 잊었고, 너무도 빨리 잊혀졌던 너와 내가 한 그 사랑이라는 것. 네가 오천련인 적도 없었고, 내가 유덕화인 적도 없었다.

악셀의 가속으로만큼 불어오던 바람, 오토바이가 멈추면 이내 사라져 갈 아주 잠깐의 바람. 돌아보면 꿈결 같았던 청춘의 사랑은 갈망의 연료를 다 태울 정도까지만이었다. 그러나 또한 서로에게 가능하지 않았던 '영원'이란 말은 너무 쉽게 내뱉었던, 참을 수 없는 존재의 가벼움들. 누구나 영화와 소설 같은 사랑과 삶을 꿈꾼다. 그러나 많은 이들이 영화와 소설 속의 주인공처럼 사랑하지도 살아가지도 못한다. 우리의 이 감동 없는 현실은 그런 단순한 이유에서가 아닐까?

철들기도 전에 늙었노라

누구나 어렸을 적 한 번쯤 생각해 봤을 유치한 상상.

누군가 내 세 가지 소원을 들어준다면,

그 하나는

"돈이 계속 나오는 지갑을 갖게 해주세요."

또 하나는

"성룡이 할 수 있는 능력을 내게 다 주세요"였다.

마지막 하나는….

"소원 세 개만 더 들어 주세요."

유년 시절의 나는 그 정도로 성룡을 좋아했다. 그가 영화 속에서 보여 준 동작들을 어줍게나마 체화하기 시작하면서부터, 극성은 극에 달했다. 여기저기 까지고, 깨지고, 멍들고, 멀쩡한 학교정문을 놔두고 월담을 강행하는 것은 다반사, 2층에선 계단을 이용해 내려오지 않고 그냥 뛰어 내렸다. 어떤 영화에서 스케이트보드를 타는 장면이 나오면 그거 배워야 했고, 롤러스케이트를 타는 장면이 나오면 그거 배워야 했다. 성룡은 돈이나 벌지, 나는 왜 어른들한테 욕을 먹어 가면서까지 그런 수련(?)을 감내했는지가 여전히 미스테리. 더군다나 지금의 나로서는 도저히 이해할 수 없는, 지금은 결코 가능하지 않은 열정이기도….

영화 채널이 많지 않던 시대에, 명절 때마다 방영해주던 성룡의 영화. 아주 오래전에는 성우 배한성 씨가 맡아 성룡의 목소리를 연기했었다. 더빙 개념을 알지 못했던 어린 소년은, 성룡이 정말 배한성 씨의 목소리를 지닌 줄 알고 있었다. 말과 입의 싱크가 맞지 않는다는 사실이 보이지 않았던 날들, 그러던 어느 날 그가 홍콩 사람이라는 사실을 알고서 적잖이 놀랐던 것 같다. 초등학교 고학년이 되어 비디오테이프 대여점에서 빌려 보기 시작한 영화 속에서 그는 정말 다른 나라 말을 하고 있었다.

홍콩 느와르 시대의 끝물 세대에게, 어찌 성룡만이 그 표상이겠냐만은, 돌아보면 내겐 어떤 기점이기도 했던 인물이다. 그 애정이 전공으로까지 이어졌으니 말이다. 대학 입시 때 중문과를 지원한 적은 없었다. 중국이란 콘텐츠가 인기주로 급부상을 하고 있던 시절이라 커트라인이 지금 보다는 높았고, 또한 내가 그다지 공부를 잘하는 학생이 아니었기에…. 중국어를 복수전공하겠다는 심사로 한문과를 지원했었던 것. 중국어나 한자나 다 비슷한 글자이겠거니 하며…. 아주 오랫동안 이 사실도 잊고 지냈었다. 그냥 수능 점수에 맞추어 택한 전공이었고, 남들 다하는 제2전공의 트렌드에 맞추어 중국어를 택하고, 그러다 중국어를 가르치는 교사가 된 줄 알았다.

성룡에 관한 자전적 에세이가 출간된 해에 같은 출판사에서 내 책이 출간됐다. 파주에 들를 일이 있어서, 담당 편집자 분에게 부탁해서 한 권 받아 오기도 했는데, 그가 출연한 토크 프로로 중국어 공부를 하기도 했던 팬 입장에서는 이미 다 알고 있던 이야기. 『철들기도 전에 늙었노라』는 제목이 슬퍼 보였던 이유는, 그의 노화가 서글프면서도 그의 노회에 실망감을 감출 수가 없기 때문이기도 하다. 아들의 마약 사건과 관련한 이야기들도 있지만, 정 불편하거들랑 다른 식의 코멘트를 내놓던가. 그러나 2008년 베이징 올림픽 때부터는 이미 다분히 친중 성향이기도 했다.

「블레이드 러너」나 「공각기동대」의 공간적 배경은 홍콩이 모델이다. 80년대의 서구인에게, 동서양의 풍경을 모두 지닌 홍콩은 미래지향적 도시였단다. 그리고 그 즈음에 G2로 급부상한 일본의 어느 도시인 줄로 아는 서양인들이 대다수였다고…. 하긴 그들 입장에서는 '도쿄'나 '홍콩'의 발음이 별 다르지 않은 느낌의 자모체계였을 테니. 그랬던 홍콩이 이젠 우리 80년대를 겪고 있는 듯한 분위기. 우리도 겪어 봤듯, 역사가 항상 진보의 방향으로 흐르는 것만은 아니다.

홍콩의 역사에서 영국의 통치는 진보였을까 퇴보였을까? 어찌 됐건 중국으로의 반환 이후가 진보는 아니었던 것 같다. 이는 개인의 역사도 마찬가지다. 그래도 자신을 존재케 한 홍콩인데, 응원까지는 아니더라도, 홍콩 시민의 분노 앞에 오성홍기 이야기를 꼭 했어야 했나? 뭘 저렇게까지 모르나 싶기도 하고…. 정치 성향뿐만이 아니라, 다른 개인사들을 통해 봐도 멋지게 나이 들어가는 것 같진 않다. 그와는 뗄 수 없는 신화, 이소룡이 만약 지금까지 살아 있다면 어떻게 늙어 갔을까?

글을 써내리다가 문득 떠오른 「폴리스 스토리 3」의 한 장면. 중국 공안 앞에서 홍콩의 자존심으로 굳건했던 슈퍼캅 진가구는 이젠 세상에 없는 것 같다. 그를 사랑했던 소년은 늙어 가도, 그는 항상 진가구였으면 했던 바람. 홍콩 시민들의 마음이 또한 그렇지 않았을까? 꼭 정치적으로 편을 들어주길 기대했다기보단, 진가구로 머물러 주길 바랬던 것이었는데….

금지된 사랑

우리 과는 서예를 중시하는 전통이 있'었'다. 신입생과 선배들이 나누어 쓰는 서실로 과방을 대신하는 과는, 1학년 때는 서예 과목을 필수로 이수해야 하고, 학년 말에 열리는 서예전이 가장 큰 행사이기도 하다.

복학생들 중에는 신입생들에게 '모범' 내지 '가오'를 보여 주어야 할 것 같은 부담감으로, 해서(楷書) 이외의 서체를 주특기로 연습하는 경우가 있었다. 그런데 내가 복학생이던 시절부터도 이미 사라지고 있던 낭만. 요즘엔 전공 수업이 폐강될 정도로 존폐의 기로에 놓인 처지다 보니, 후배들은 취업에 도움이 될 만한 복수전공에 더 열을 올릴 수밖에 없는 현실.

내 주특기는 행서(行書)'였'다. 실상 주특기라고 표현할 수 있는 실력도 아니거니와, 그나마도 붓 잡아본 지가 10년이 넘었다. 행서가 멋있어 보였던 이유도 있었지만, 중국어를 제2전공으로 택한 입장에서는 행서체의 원리가 간체자랑 같다. 적당한 농도의 먹으로 흘려 쓰면서 다음 글자로까지 부드럽게 이어지는 붓터치, 후배들에게 그 한 번을 보여 주기 위해서, 복학하기 한 달 전부터 학교에 나와서 쌔빠지게 연습을 했던 기억이…. 이제 그 시절을 돌아보며 코웃음을 치기도 하는 허세에 관한 열정, 그러나 한 번 더 돌아보면 지금은 그런 열정도 없다는 거.

1학년들이 서예전의 주인공이고, 선배들의 작품은 찬조 형식으로 참여한다. 2학년 때는 왕유(王維)의 시를 썼다. 좋아하는 시여서가 아니라, 당시 내 수준으로 써내기에는 가장 편한 글자 조합이었다. 조금 자신이 붙은 3학년 때는 영화 「천녀유혼(倩女幽魂)」 주제곡의 가사를 써냈는데, '노수인망망(路隨人茫茫)'으로도 알려진 노래. 서예전에 참석한 몇몇 동문들에게 욕깨나 먹었다. 장난으로 서예 작품을 쓰냐고…. 내 돈 들여 표구한 작품을 장난으로 쓸 리가 있나. 되레 서예를 가르쳐 주시던 교수님은 멋진 시도라고 말씀해 주셨는데…. 물론 정말 멋져서 멋진 시도라고 말씀하셨던 거겠나? 그래도 뭔가 해보려는 노력을 가상히 여기신

거겠지.

동아시아에서 시의 역사는 『시경(詩經)』을 기점으로 본다. 『시경』은 그 문학사적 위상 때문에, 우아하고 고풍스러운 은유와 풍자로 생각하기 쉽지만, 고증 결과 민초들의 질박한 화법과 노골적일지언정 꾸밈없고 진솔한 표현으로 자신들의 삶을 담아낸 대중성이 대부분이었다. 하지만 꽤 오랜 세월 동안 학자들은 지식층의 문학으로 분류했다.

이는 한문과 출신들에게는 상식인 지식이다. 그러나 '신성'한 서예로, 어디 가사 나부랭이를 끄적일 수 있냐고 따져 묻는 경우처럼, 지식 따로 실천 따로인 경우가 심심치 않게 존재하는 한문학계의 풍토. 어디 한문과에만 한정되는 경우겠는가? 서양철학을 공부하면서도 느낀 바, 그리고 출판계를 상대하면서 느낀 바, 인문학계 전반에 걸쳐 있는 부조리이기도 하다. 말로는 푸코의 '권력과 지식'을 늘어놓으면서, 푸코의 지식을 권력의 자리에 지정하는 편협한 지평들.

돌아보면 니체의 철학을 공부하기 이전부터 꽤나 니체주의자였던 셈. 니체의 기조가 그렇기도 하지 않던가. 그러나 니체를 입에 달고 살면서도 은근히 지식의 위계를 나누는 위선의 니체주의자들도 적지 않다는 거. 아니 꽤 많다는 거. 니체주의는 그런 자의식들에 의해 '금기'로 치부되는 것들로부터 탈주하는 시도이기도 하다. 「천녀유혼」이 다루는 이야기 역시 그런 탈주의 주제다.

중국문학사를 잠깐 언급하자면, 「천녀유혼」은 포송령(蒲松齡)의 『요재지이(聊齋志異)』라는 고전에서 파생된 파편들 중에 하나이다. 聊齋志異라는 제목을 의역하자면 '서재에서 한가히 기이한 이야기를 읽는다'라는 뜻. 홍콩 느와르 세대에게 널리 알려진 또 다른 파편이 「백발마녀전」이다. 둘 다 장국영이 출연한 작품. 그 시절 홍콩 영화계의 다작 관행을 감안한다면, 그 시절의 주윤발과 유덕화와 비교해 보아도, 장국영은 명작으로 불리는 작품에만 출연했었다. 그만큼 시나리오를 선택하는 안목이 뛰어났었다는 이야기겠지?

인간과 귀신의 금지된 사랑이라는, 당시로선 센세이션했을 법한 스토리. 그러나 다른 영역을 살아가는 이들이 서로 사랑할 수 있다는 건, 그것이 본래부터 금기였던 건 아니라는 전제이기도 하다. 각자의 세계를 지배하고 있는 이데올로기가 그들의 사랑을 가로막았던 것. 마르크스가 정의하는 이데올로기, 인위적인 것을 자연스러운 것으로 받아들이는 모든 현상. 니체는 '금기'가 왜 금기가 되었는가에 대한, '도덕의 계보'를 '선악의 저편'에서 문화인류학적으로 고증했던 것.

인간계와 귀신계라는 설정은, 라캉의 상징계와 실재계로 대신할 수 있을지 모르겠다. 상징계 내에서의 상징적 죽음, 그 죽음 충동이 내다보는 실재계로의 주이상스이기도 하니 말이다. 보다 무난한 용어로 풀자면, 사랑이란 그 사회가 빠져 있는 이데올로기적 가치 체계의 조건을 초월한다는 이야기. 귀신 섭소천에게 인간계의 욕망 같은 건 없다. 그저 영채신에 대한 사랑 하나가 있을 뿐이다. 섭소천에게 있어 영채신의 존재는, 때로 자신이 귀신임을 잊게 하는 지향성으로 끌리고 있는 타자다. 영채신에게 인간계의 규범 따위는 문제가 되지 않는다. 그에게 섭소천은, 마르크스가 말한 사랑의 정의처럼, '목숨을 건 도약'으로 지켜 내고 싶은 사랑이다.

인간계 안과 밖의 존재들이 그 경계를 지우며, 각자가 딛고 있는 생사의 영역을 넘어 사랑하고자 했던, 가슴 절절한 판타지. 대학교 3학년 때, 영채신과 섭소천이 붓을 맞잡고 시를 써내리는 영화 속의 장면이 떠올라서 한번 서예작품으로 써 봤던 것. 「영웅본색」과 「천장지구」의 주제곡 해설만 읽어 봐도 알 수 있듯, 당시 홍콩 영화 주제곡들은 마치 한시를 현대중국어로 옮겨 놓은 것처럼 꽤나 철학적인 가사들이었다. 「천녀유혼」의 주제곡 역시 인간사에 대한 서글픈 회한을 읊어 내리는 경우. 이 나이가 되어서 다시 들어보니 대학생 때와는 또 다른 느낌이다. 그러나 지금의 나이가 되어서야 비로소 그 가사의 의미를 인생으로 이해했네 어쨌네 떠들고 싶지는 않다. 그 시절에는 그 시절대로의 가치로, 시간이 지나서는 또 그 나름대로의 가치로 해석되는 노래 가사가 차라리 『시경』과도 같은 인문적 성격이 아닐까? 지금의 나이에는 뭘 또 그렇게 많이 알고 있는데? 먼저 그 시간을 지나온 이들은, 또 다른 시간 속을 헤매고 있을 뿐이다. 그저 조금 더 앞에서 헤매고 있을 뿐이다. 꽤나 어른인 줄 알았던 대학교 4학년 시절도, 지금에서 돌아보면 얼마나 어린 날들이었던가.

路隨人茫茫

길은 사람 따라(인간사처럼) 아득하기만 하다.

거짓된 눈물

그녀가 나오는 영화란 영화는 죄다 봤던 시절이 있었다. 지금처럼 네티즌 평이란 게 있던 시절도 아니었지만, 왕조현 앓이가 시작된 사춘기 목전의 소년에겐 작품성 따위는 중요하지 않았다. 그녀가 등장한다는 사실이 중요했다.

당시만 해도 무명이었던 양조위가 조연으로 출연한, 「살수호접몽(殺手胡蝶夢)」이란 영화. 우리나라에서는 '살수특급'이란 제목으로 출시됐었다. 왕조현이 부른 영화의 삽입곡은 원래 매염방의 것. 제목인 '裝飾的眼淚'은 '거짓된 눈물' 정도의 의미다. 티 없이 맑고 순수했던 여자가, 남자친구가 휘말린 범죄로 인해, 기구한 팔자를 받아들일 수밖에 없었다는… 그닥 재미는 없었던 스토리.

가수와 배우의 겸업은 이젠 우리나라 연예인들에게도

흔한 일이지만, 김민종과 엄정화의 겸업이 특별했던 시절에는, 이것을 '홍콩 스타일'이라고 불렀다. 대표적인 경우가 장국영과 4대 천왕(나는 그 당시에도 이 개념이 유치했다). 왕조현 또한 가수이기도 했다. 그러나 그녀가 무슨 노래를 불렀었는지는 잘 모른다. 오직 이 노래 하나를 알고 있을 뿐이다.

장국영의 노래를 연습장에 한글 발음으로 적어 부르던 학창시절에, 멜로디가 좋았던지, 이 노래도 그렇게 부르던 것 중 하나였다. 중국어를 가르치기까지 했던 이력이지만, 아직도 광둥어는 들리지 않는다. 하여 그 시절 연습장에 적었던 발음이 맞는지는 지금도 모르겠다.

왕조현이 연기했던 밤무대 가수의 노래는, 과거에 대한 회한이면서도 체념으로 살아가고 있는 현재에 대한 술회였다. 옛날 영화들을 다시 꺼내어 보면서 문득 스치는, 누군가에게는 정말이지 꿈결 같은 지난날일지도 모르겠다는 생각. 양조위에게는 뒤늦게 「화양연화」가 도래하는데, 누구보다 화려하게 등장했던 왕조현을 기다리고 있었던 인생의 곡절들. 영화 속의 노래는 영화의 바깥을 예언하고 있기도 했다.

그녀의 노화 소식이 전해질 때마다, 영원히 아름다움에

머물러 주기만을 바라는, 그녀를 사랑했던 추억들의 이기심은 아닐까하는 생각도 든다. 지나온 시절마다에 젊음을 털어 내고 온 것은, 그녀를 사랑했던 우리 역시 마찬가지인데….

우리는 그녀의 아름다웠던 시절을 그리워하고 있는 것일까? 아니면, 아름다웠던 그녀의 곁에 두고 온, 그녀를 사랑했던 시절의 자신들을 그리워하고 있는 것일까? 이젠 추억의 영상 속에서만 앳된 왕조현'들'. 프레임 안에 담긴 자신의 모습들로 아름다웠던 시간을 추억할 그녀처럼, 그녀를 사랑했던 우리도 추억을 통해 가장 아름다웠던 시절을 뒤돌아봐야 한다.

「중경삼림」의 패스트푸드 가게

실연을 당한 양조위는 늘 사물에게 말을 건넨다. 점점 더 야위어 가는 비누에게 연민을 느끼며, 덜 마른 수건에서 떨어지는 물방울에서 자신의 눈물을 본다. 관객에게 더 많은 말을 건네고 있는 사물은, 그 유명한 패스트푸드 가게다. 양조위는 이 가게에 주문 가능한 여러 메뉴 중에서도 늘 같은 음식을 샀다. 그 음식을 여자 친구가 가장 좋아한다고 생각했다. 그러나 그 자신이 다른 음식을 사가지고 간 적이 없었을 뿐이다. 여자 친구는 실상 가게 주인이 추천한 다른 메뉴를 더 좋아했다. 그렇듯 때로 배려라는 것도 자기 체계 안에서의 이해다. 그 바깥의 가능성을 넘어다보지 않는다. '다른 메뉴를 사갔다면'이란 가정에서 비롯되는, 그 사랑이 어떻게 흘러갔을까에 대한 뒤돌아선 기대. '다른 메뉴를 사갔다면' 그의 미래는 조금 달라졌을까?

양조위를 떠나간 옛 애인의 직업은 스튜어디스였다. 양조위를 흠모하는 패스트푸드 가게의 종업원 왕정문은 그의 방을 몰래 청소해 주러 갔다가 이따금씩 스튜어디스의 흔적들을 발견한다. 과거로부터 벗어나지 못한 그를 사랑하는 그녀의 입장에선, 자신에게 아예 관심이 없는 것도 아닌 듯한 그의 시선에 실린 시제에 의문을 품지 않았을까? 차라리 그의 시제에 맞추고 싶었던 것일까? 아니면 그의 과거 속에서 자신의 미래를 발견한 것일까? 그와의 사랑이 막 시작될 즈음에, 그녀는 돌연 그를 떠나갔다가 1년 후에 스튜어디스가 되어 다시 패스트푸드 가게로 나타난다.

마지막 장면에서, 경찰이었던 양조위는 그 패스트푸드 가게를 인수해 내부공사를 하고 있는 중이다. 즉 기존에 영위했던 삶의 체계를 송두리째 리모델링하고 있다. 어쩌면 그녀와 함께 했던 그 자리에서, 언제 다시 돌아올지 모를 그녀를 기다리고자 했던 것인지도…. 그 변화와 기다림의 와중으로, 스튜어디스가 되어 돌아온 왕정문.

그런 의미였을까? 서로가 끌리고 있긴 하지만, 여전히 마음 한 구석에 붙박아 놓고 있는 그 과거의 흔적들을 덜어 내어 버릴 수 있는 조금의 시간이 더 필요하지 않았겠냐고…. 1년 전 어느 날, 왕정문은 약속 장소에 나가지 않았고, 이제 양조위에게 과거란 그날 이후로 보이지 않는 왕정문이다. 1년 후 리모델링하고 있는 가게로 다시 나타날 때까지, 그는 내내 그녀를 그리워하고 있었을 터, 그로써 그 이전의 사랑과 상처를 잊어 간다. 그녀는 그가 자신에게서 과거의 연인을 떠올리지 않을 수 있는 시간이 되어서야 다시 나타난 것이기도 했다. 되레 그가 사랑했던 과거의 연인과 같은 스튜어디스의 모습으로…. 기억의 리모델링, 이제 그에게 스튜어디스의 표상은 과거의 누군가가 아니라 눈앞의 그녀이다.

학창시절이 마침 그 시기였기에, 홍콩 느와르 영화에 대한 애착이 있는 편이다. 나이가 들면서 어린 시절에 보았던 홍콩 느와르의 명장면들을 다시 찾아보는 경우가 잦아지고 있다. 이미 20년이 지난 영화들을 보면서 깨달은 사실은, 홍콩 영화를 보면서 자라난 중국어 전공자가 저 광둥어는 여전히 알아듣지 못한다는 점. 이미 20년이 지난 영화를 보면서 깨닫는 또 다른 사실들은, 여전히 왕정문은 예쁘고, 양조위는 멋있다는 점. 그 시절의 언론이 왜 그토록 왕가위 감독의 영상미를 추앙했는지가 이제서야 이해된다는 점. 명장면에 담긴 자신들의 모습으로 아름다웠던 왕년을 추억할 배우들처럼, 나도 이젠 가장 아름다웠던 시간을 추억의 장면들로 뒤돌아봐야 한다는 점.

영화처럼 살고 싶었다. 어쩌면 이미 영화처럼 살고 있었는지도 모른다. 다만 내가 원하는 장르와 내가 원하는 배역이 아니었을 뿐. 누구나 영화 같은 삶을 꿈꾼다. 그러나 누구나가 영화 속의 주인공처럼 살아가는 건 아니다. 영화 밖으로 잘려 나간, 감독과 배우만이 알고 있는 숱한 NG 컷들로 완성된 영화라는 사실까지는 고민하지 않는다. 어쩌면 그것까지가 영화의 일부일 텐데….

'내 삶의 주인공의 나'라는, 이제는 별 감흥도 일어나지 않는 진부한 레토릭. 그럼에도 누구나 여전히 영화 속의 주인공을 꿈꾼다. 그러나 배역을 감당해 낼만한 역량이 나에게 있는지를 고민하지는 않는다. 배우의 철학이 아닌 배역의 욕심만 그득하다. 그래서 우리의 인생은 잘 만들어진 한 편의 영화 같지는 않다.

홍콩 느와르의 황금기, 그 끝물에 걸려 있는 세대이기에 차라리 왕가위 세대라고 해야 더 맞는 표현인지 모르겠다. 그러나 왕가위 감독의 영화를 이해하기에는 내 나이 서른 즈음도 어렸던 것 같다. 한참의 시간이 흘러서야 그를 이해했다는 점에서, 과연 내가 왕가위 세대가 맞긴 한 걸까? 보고 있었으나 미처 이해하지 못했던, 아직은 미래의 일이었던 그의 영화는 마치 청춘의 자화상 같기도 하다. 지나치고 있을 때는 그 시간이 무엇을 의미하는 줄도 모르고 소홀히 보내다가, 다 지나오고 난 뒤에야 그 자리가 청춘이었다는 사실을 절실히 이해하는 것처럼…. 자주 인용하는 들뢰즈의 구절을 패러디하자면, 청춘은 너무 늦게 도래한다. 정작 그 자각의 순간에는 도저히 어찌해 볼 수도 없는, 과거의 시제로 말이다.

나이 들어 돌아보니 참 아름다웠던 왕가위의 세계, 그 또한 내게는 늦게 도래한 청춘의 표상이었다는….

퍼피디아(Perfidia)

홍콩 여행 중 들러 보고 싶은 우선순위 안에는 당연히 미드레벨 에스컬레이터가 포함되어 있었다. 「중경삼림」에서 왕정문이 양조위 집의 창문을 몰래 훔쳐보던 그곳이 어느 건물이었는지를 찾다 찾다 결국 못 찾았다. 그 집을 찾아내기엔 지나치는 모든 건물은 비슷비슷하고, 기억 속에 저장되어 있는 이미지 정보는 흐릿하고, 또한 이미 그 시절의 풍경도 아니었을 테니.

글을 쓰기 시작하면서, 왕가위 감독의 영화를 공부의 목적으로 다시 꺼내 보게 됐다. 이런저런 곡절들로 20대 시절을 보내고 난 뒤여서 그런지, 나이 들어 다시 감상해 본 왕가위의 세계는, 「화양연화」라는 제목으로 대신할 수 있을 정도로, 참 애잔하기도 하다. 그보다 「아비정전」의 ost

인 '퍼피디아(Perfidia)'가 왕가위의 영화를 더 잘 설명할 수 있는 성격인지도 모르겠다. 처음에는 그 멜로디가 좋은지 몰랐었는데, 문득 문득 떠오르는 어느 구간에서의 잔상들로 인해 다시 들어 보게 되던 음악. 내게 왕가위 영화는 그랬던 것 같다. 정작 보고 있을 때는 이거 정말 재미있는 건가 싶다가도 문득 문득 떠오르는 기억의 파편들로 인해 다시금 찾아보게 되는 영화.

그때 그 시절 세상이 왕가위에게 쏟아 내던 찬사를 나는 근 20년 후에나 느껴 보게 됐다. 그런데 그것이 영화의 성격만은 아닌지도 모르겠다. 내 20대 시절에 겪었던 일들 중에 내가 제대로 알고 있는 것들은 얼마나 될까? 여전히 내가 모르도록 묻혀 있는 이야기들이 얼마나 많을까? 그때 그 이별은 정말 그녀가 원인이었을까? 아니면 그녀가 돌아선 그 이유만큼 내 스스로를 원망해야 하는 것일까? 내가 보고자 하는 것 이외에는 관심이 없었던, 그런 이유로 결국엔 나 자신일 수도 없었던 내 화양연화의 시간들. 왕가위의 영화들이 담지하고 있는 디테일은 내게 그런 교훈이기도 하다. 애잔하고도 적적하게 젖어 오는 '발 없는 새'의 테마처럼, 너무도 불성실하게 소비해 버린 청춘의 날들로 돌아봐야 하는 것 아닌가 싶은….

웃음과 망각의 책

내 스무 살 시절에 홍콩 스타TV에서 자주 흘러나오던 왕정문의 노래 하나. 「소망서(笑忘書)」라는 제목은 밀란 쿤데라의 『웃음과 망각의 책』의 중국어 번안이란다. 가수 자체도 약간 똘기가 있는 편이지만서도, 한동안 그녀를 전담한 작곡가가 철학에 심취해 있던 경우. 그래서 그녀의 노래들 중엔 은근히 심오한 가사들이 있는 편이다.

이 노래를 떠올리고 있다는 사실 자체가, 내 연식과 전공 그리고 나의 지금을 다 담아내는 증거인지도 모르겠다. 전공의 언어임에도 꽤 오랫동안 이 노래 제목을 '소망서(所望書)'로 기억하고 있었다. 그러니까 '바라는 바의 책', 실상 그 웃음과 망각의 순간이 소망인 사람들도 있을 터, 누군가에게는 별 다르지 않은 의미일지도….

한 번의 웃음으로 잊어 가야 할 순간들도 있고, 기대를 비껴갔던 숱한 날들에 서운해하지 않는 니체주의자이고 싶으면서도, '부단한 고통을 주는 것들만이 기억으로 남는다'는 니체의 어록을 외우고 있는 니체주의자라는 역설. 그 사람에게 직접 묻고 싶어도, 그 질문이 되레 내 대답의 성격일 것 같아서, 그냥 마음에 묻고 가는 이런저런 삶의 장면들. 한 번의 서글픈 웃음으로 기억으로부터 돌아서는 오늘, 그러나 내일이면 보다 옅어진 웃음으로 다시 이렇게 돌아서고 있을 반복. 되레 얼굴에서 그 웃음이 사라져야 완전히 잊었음의 증거가 될 판.

왕정문을 좋아했던 이유는, 물론 예뻐서. 왕조현이 사춘기의 목전에 경험한 열병 같은 느낌이었다면, 「중경삼림」의 그녀는 꽤 머리가 굵어진 다음에 만난 첫사랑 같았던, 지극히 개인적인 기억.

왕정문(王靖雯)은 무명시절에 쓰던 이름이고, 왕비(王菲, Wong Faye)로 개명한 이후 대박이 난다. 그때까지만 해도, 저 여인은 알지 못했을 것이다. 자신의 운명이 이렇게까지 사나운 팔자일 줄은…. 인기만큼으로 감당해야 했던 온갖 풍파 끝에, 이제 남은 모습이라고는 그저 예쁜 아줌마다.

나 나이 먹는 건 생각도 안 하고, 타인의 노화에 먹먹해지는, 영원히 그 시간에 머물러 주길 바라는 팬으로서의 이기심. 사랑받지 못해 무명이었건만, 이제 와 차라리 무명일 때의 왕정문이 더 사랑스럽다고 느끼는 남자의 이기심. 시절이 변해도 영원한, 조용필의 저 유명한 명제. 그 소녀 데려간 세월이 미워라!

글을 쓰게 된 계기

진도에 대한 부담은 없었던 한문/중국어 교사였던 터라, 시험이 끝난 후에는 학생들에게 영화를 보여 주곤 했었다. 수업시간마다 순회를 하시는 교감 선생님께 변명이라도 늘어놓으려면 중화권 영화를 보여 주어야 하지만, 아시다시피 왕가위 감독 이후로는 볼만한 게 몇 편 없다.

주성치의 「장강 7호」가 개봉된 어느 해, 나는 2, 3학년 중국어와 1학년 창의적 재량활동의 남은 시수를 맡고 있었다. 창의적 재량활동이라야 그냥 영화 보는 시간이다. 하여 중간고사가 끝난 후에 학생들에게 보여 준 「장강7호를」, 나는 10번을 봐야 했다.

영화 내에서 주성치가 사망하는 사고가 발생한다. 아들의 담임선생님은 집으로 찾아가 그 사실을 알려 줘야 했지만, 전하는 마음은 아프고, 전해 듣는 마음은 믿어지지 않는다. 아들은 울면서, 한숨 자고 나면 아빠가 돌아올 것이라며, 문밖으로 담임교사를 밀어낸다. 그리고 이불을 뒤집어 쓴 채 울다 잠이 든다. 외계생명체 '장강 7호'는 자신의 초능력을 소진하는 희생으로 주성치를 살려 내고, 잠에서 깬 아들 옆에는 아빠가 돌아와 있었다.

이 장면이 짠했던 이유는, 아들이 그 상황에서 왜 잠을 자겠다고 했는지를 이해할 수 있게 한 내 어느 시절의 기억 때문이다. 이 영화의 감독이기도 한 주성치 역시 이런 경험이 있었는지….

대학교 3학년이던 해에 아버지의 사업이 부도가 났다. 그 스트레스였는지 아버지에게 병마가 찾아들었다. 대학을 졸업하고도 나는 취업이 되지 않았다. 그렇게 사랑했던 친구와 이별을 했고, 얼마 뒤에 아버지가 돌아가셨다. 그 시절의 나는 잃어버린 것밖에 없는 상황이었다. 더군다나 이전까지는 내 잘난 맛에 살아온 인생이었던 터, 쭈그러들 대로 쭈그러든 모습을 보이고 싶지 않은 자존심에, 인간관계는 저 스스로 정리가 됐다.

하루하루가 답답했던 시절, 잠을 자면 생각이 정리된다는 이야기를 어디선가 얼핏 주워들은 적이 있어서, 더 솔직히는 그저 무기력으로 드러누워, 자주 잠을 청했던 것 같다. 그래도 꿈이 현실보다 덜한 악몽인 듯 싶어서, 잃어버린 것들을 잊어버리기 위해 곧잘 꿈으로 도피하곤 했다. 자고 나면 무언가 바뀌어 있는 현실이 아닐까 하는 몽상과, 차라리 이 현실이 꿈이었으면 하는 소망이 뒤섞인 체념으로, 틈만 나면 잤다.

노상 잠만 잘 수는 없으니, 깨어 있을 땐 다시 대학교 도서관에 나가 취업 공부를 했다. 그러다가 헤르만 헤세의 문구들을 모아 놓은 책 한 권을 집어 들었다. 정말 그냥 우연이었다. 마침 그곳에 꽂혀 있던 그것이 내 눈에 들어왔을 뿐이다. 책의 제목이 무엇이었는지는 기억나지 않는다. 이 사실도 10여 년이 지난 얼마 전에 문득 떠올린 것이니. 몇 번이고 검색을 해봤는데, 잘 안 찾아진다.

그 책에 적혀 있던 희망의 구절들이 꽤 도움이 됐던가 보다. 그리고 그 즈음부터, 당시 유행하고 있던 싸이월드에 내 심정을 정리하기 시작했다. 글을 쓰기 시작한 것. 그런데 '시작'이라기보단 '상기'였다. 꿈 많았던 학창시절에 '가사'랍시고 단어들의 조합을 고민하던 그 느낌이 다시 돌아왔다. 그리고 그렇게 되찾은 습관이 지금으로까지 이어진 것이기도 하다.

프루스트는 고뇌와 절망, 방황과 방탕으로 허비한 시간을 정신적 등가물로 전환시켜야 한다고 말한다. 그것이 잃어버린 시간을 되찾는 유일한 방법이라고…. 읽기 너무나 힘든 장편, 솔직히는 그것을 찬양하는 대가들의 평을 이해할 수 없는 지평으로 읽어 내린 소설. 그래도 내가 이 『잃어버린 시간을 찾아서』로부터 얻은 유일한 위안은, 삶의 어느 순간부터 이미 내가 제법 프루스트처럼 살고 있었다는 사실이다. 그렇게 잃어버리고만 산 것도 아니었다는….

「정무문」 커넥션

출판사 대표님이 서울의 한 사립고 출신인데, 내 동기 놈이 그 재단에 재직하고 있다. 얼마 전에 대표님이 3학년 때 담임선생님 소식을 알아봐 줄 수 있겠냐고 해서, 그 친구와 오랜만에 통화를 했다. 대학교 새내기가 된 해, 이 친구가 1학기 과대표였다. 오리엔테이션 첫날, 녀석이 우리에게 제안한 새내기 무대 기획은, 당시 견자단을 재발견하게 된 드라마 「정무문」을 패러디하자는 것. 과대표의 기획하에 내가 '진진' 역할을 맡았다. 워낙 남자가 적은 과였다 보니, 선택지도 넓진 않았겠지만, 어쨌든 진진 배역을 맡게 되어서….

나도 이왕 하는 거 잘 해보려고, 무대로 등장해야 하는 순간에 텀블링을 해 들어갔다. 아직까지는 그런 동작들이 가능했던 시기라…. 그날 이후 몇몇 선배들은 나를 '진진'이라고 불렀다. 그런데 그런 거 한 번 보여 주면 계속 보여 줘야 되거든. 그해 무슨 행사가 있을 때마다 우리 과 복학생들의 주문은 "민! 나가!"였다. 1년 내내 돌았다. 정말이지 돌아 버리는 줄 알았다.

그때 노상 출격 명령을 내렸던, 그 시절의 복학생 선배 중 한 명과는 지금도 최측근의 관계다. 얼마 전 그 시절의 이야기를 할 일이 있어서 물었더니 기억나지 않는단다. 그 시절의 걔가 나였다는 사실을…. 하긴 나도 잊고 있었으니, 얼마 전에서야 물어본 것이겠지만…. 이젠 그 시절의 증언이 받쳐 주지 않으면, 그 시절에 있었던 일들이 꿈인가 싶을 때도 있다. 이젠 그런 동작을 해볼 기회도 없지만, 내게서 가능하지 않는 동작이기도 할 테고.

우연에 대한 필연적 해석을 가할 때가 있잖아. 그저 우연히 잠깐 진진 역할을 맡았던 것뿐인데, 대기만성의 견자단 인생을 스스로에게 투영해 보는, 내 잃어버린 시간에 관하여….

"정두홍 무술 감독과 견자단이 싸우면 누가 이길까?"

팝칼럼리스트 김태훈 씨가 자신이 진행하는 영화평론

프로그램에서 던진 질문이었다. 배우로서보다는 무술감독으로서 먼저 유명세를 탄 견자단과의 비교이겠지만, 당시 견자단의 조국에서는 영화 「옹박」에서의 스타일리쉬한 무에타이로 전 세계를 매료시켰던 토니 쟈(Tony Jaa)와의 비교가 한창이었다. 띠동갑의 세대 차가 같은 시기에 비교대상이 되었을 만큼, 늦은 나이에 각광을 받게 된 경우.

영화 「엽문」의 주연을 맡으면서, 비로소 견자단이라는 이름이 한국의 대중들에게 널리 알려지기 시작했지만, 그 전부터도 나름대로 두터운 매니아층을 지니고 있던 배우다. 주연도 많이 맡았었지만, 대중적으로 흥행을 했던 작품에서는 주로 싸움 잘하는 차도남 이미지의 서브캐릭터이거나, 끝판왕의 위치에서 주인공의 도전을 기다리고 있는 절대무공의 악역으로 등장했다. 영화 「블레이드」의 무술감독을 맡으면서 허리우드에까지 알려진 존재감이었지만, 배우로서의 전성기는 지니고 있는 역량보다 한참을 늦게 찾아왔다.

한국에서 한동안 장희빈의 계보가 있었듯, 홍콩 무협에서는 '정무문'의 계보가 있었다. 이소룡과 성룡, 이연걸, 그리고 견자단으로까지 이어지는…. 견자단이 배우로서의 인지도가 쌓이기 시작한 것도, TV드라마로 각색한 「정무문

(精武門)」의 주연을 맡아 보면서이다. 이소룡과 같은 실전 스타일의 무술을 추구한다는 점에서, 견자단의 캐스팅은 어느 정도 흥행이 보장되어 있는 기획의 화룡점정인 듯 했다. 그러나 주윤발이 열어젖힌 홍콩 느와르액션, 이연걸과 함께 도래한 무협 르네상스, 그리고 언제나 독야청청했던 성룡의 몸을 사리지 않는 스턴트가 건재했던 시장에서, 견자단의 문법은 기대만큼의 큰 성과를 거두지 못했다. 대중들이 그의 진가를 알아보는 데에는 10년의 시간이 더 필요했다.

견자단은 이연걸과 같은 체육학교 무술반 동창이다. 견자단이 한창 무명의 시간을 허덕이고 있을 때, 이연걸은 이미 영화계의 판도를 뒤바꾸어 놓은 스타 중의 스타였다. 「황비홍」이란 캐릭터가 사극무협의 대명사로 인식이 될 정도였고, 시대의 코드에 편승하여 우후죽순으로 만들어진 아류 작품들은 변발과 치파오의 코드를 지켜 내고자 청대(清代)를 시간적 배경으로 설정하는 경우가 일반적이었다. 당시 이연걸의 개런티는 측정이 불가했다. 개런티와 캐스팅 문제에 삼합회가 개입하는 불미스러운 사건까지 일어났을 정도로, 부르는 게 값이었다. 동창의 성공을 멀찌감치서 불편한 시선으로 바라볼 수밖에 없었던 견자단. 이연걸이 당한 불미스러운 사건이 차라리 그에겐 욕망이었을 정도로, 영화계에서 그의 존재감은 아직 미미했다.

무엇보다 무술에 입문하게 된 두 사람의 상반된 동기가 재미있다. 이연걸은 체격이 너무 왜소해서 받아 주는 곳이 무술반뿐이었다고 한다. 어쩔 수 없이 선택한 무도인의 길이 그의 운명이 되었던 셈. 그러나 영화에 입문하기 전까지 그는 중국무술의 무형문화제급 인재로 활동하게 된다. 영화계로 발을 들인 이후에도 흥행에 실패한 작품은 있었어도 무명의 시절은 없었다. 출연료 지급 체계가 투명하지 않았던 당시 영화계에 불만을 품고서 자신이 직접 영화사를 설립하기도 했으며, 제작한 영화가 대부분 흥행에 성공한다.

반면 견자단은 어머니가 유명한 무술가인 집안에서 태어나 자연스럽게 무술을 익혔고, 보스턴의 시민으로 살아가다가 북경으로 유학을 오게 되면서, 홍콩영화계와 인연을 맺는다. 영화계 입문 후, 그렇게 흥행한 작품도 없었지만, 그나마 흥행한 작품에서는 조연과 악역을 맡는 경우가 대부분이었다. 자신이 직접 영화를 제작했다가 재산을 모두 탕진하기도 했으며, 나서는 투자자가 없어서 급기야 사채빚으로 다시 영화를 만들기도 한다. 하지만 긴 세월 동안 조금씩 서서히 대중에게 자신의 이름을 각인시킨다.

견자단이 보다 많은 대중들에게 자신의 존재감을 확인시킨 영화 「엽문」은 이소룡 사부의 일대기. 견자단의 실질적인 시작이 「정무문」이었다는 점에서 본다면, 이소룡이란 존재는 그의 미약한 시작이면서도 창대한 나중이었다. 그런데 이연걸 또한 「정무문」을 리메이크한 적이 있다. 자신이 직접 설립한 영화사에서 처음 제작한 영화였으니, 어떤 면에서는 이연걸에게도 기점이 되는 작품이다. 이소룡을 매개로 그려지는 두 동창의 평행적 인생 구도는 여기서 끝이 아니었다. 견자단의 「엽문」이 개봉되기 얼마 전, 몰디브에서 쓰나미를 직접 겪은 이연걸에겐 무도인으로서의 대오각성이 찾아온다. 아비규환의 공포 앞에 자신이 얼마나 나약하고 무능한 존재였는지를 깨달은 액션스타는, 자신의 성찰을 영화 속에 녹여 냈으니 바로 「무인 곽원갑」이란 작품이었다. '곽원갑'은 「정무문」의 주인공 캐릭터인 '진진'의 사부다.

사실 말이 동창이지, 견자단은 체육학교 시절에 이미 스타반열에 올라있던 이연걸을 볼 기회가 몇 번 없었다고 한다. 그리고 졸업 후 영화에서의 만남에서도 견자단은 이연걸에게 패배해야 하는 조연에 불과했다. 사채빚까지 끌어다 쓰며 영화사를 설립한 일은, 홍콩 액션이 이미 한참이나 사양길로 미끄러진 시기의 고군분투였던 터라, 판단 미스라는 견해도 있었단다. 그래도 다행히 흥행작이 나왔고, 그 이후 조금씩 자신의 입지를 다지며 오늘날의 견자단이 되었지만, 무협르네상스로 대변되는 이연걸보다도 그 전성기는 15년 정도가 늦게 찾아왔다.

물론 결과론적인 이야기이겠지만, 돌아보면 홍콩 액션이 쇠락기로 접어든 시점이었다는 사실이, 되레 그를 독보적인 입지로 올려놓은 조건이었던 것 같기도 하다. 또한 뒤늦게 찾아온 전성기를 조금이라도 더 연장하고 싶었던 간절함이, 여느 청춘 못지않은 피지컬과 여간한 청춘들에게서도 가능하지 않은 액션을 가능케 했던 건 아닐까?

"뒤늦게 젊음을 누리는 사람이 그 젊음을 오랫동안 유지하는 법이다."

철저한 자기 관리 속에 현재진행형이었던 그의 영화 인생은 니체의 어록을 떠올리게 한다. 이제 은퇴를 선언하고 멈추게 된 그의 액션이지만, 체념으로 늙어가기보단, 간절함으로 버텨 냈던 세월 그 자체만으로도, 그가 오랜 청춘을 누렸다는 반증이 아닐까?

우리의 영광의 시절은 언제였을까? 이미 지나간 것일

까? 아직 도래하지 않은 것일까? 한 번도 영광의 시절을 살아 본 적이 없었던 것 같다면, 차라리 아직 다가오지 않았다고 믿는 게 더 낫지 않을까? 영광이 남아 있을 것이라는 쪽에 도박을 걸어 볼, 열망의 불씨가 조그맣게라도 살아 있다면, 지금은 그렇게 가만히 늙어 갈 때가 아니다. 어차피 한 번 사는 인생, 한 번은 멋지게 살다 가야지. 불꽃 같았던 견자단의 액션처럼, 인생처럼.

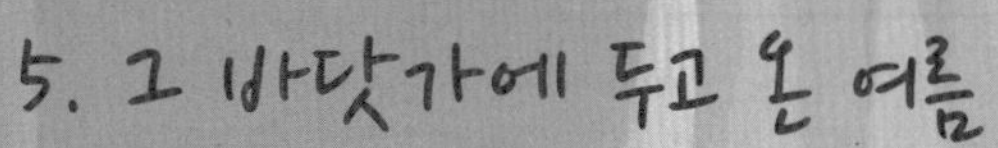
5. 그 바닷가에 두고 온 여름

시간과 기억의 파편

가마쿠라(鎌倉)라는 지명은 성(氏)에서 유래한단다. 직역하자면 '낫 창고' 정도의 의미, 그러니까 대장장이 집안이었던가 보다. 鎌는 '낫 겸'이라는 한자다. 「슬램덩크」의 마니아 입장에서는 가마쿠라 지명으로도 익숙하지만, 그 이전에도 인연이 있었다. 4학년 때 응시한 임용고시, 지문 사이에 밑줄이 그어져 있는 저 글자의 음과 뜻을 적는 문제가 출제되었었다. 한자는 표의문자이지만, 표음의 기능을 지닌 요소도 있다. 때문에 한문 공부를 어지간히 한 사람들이라면, 모르는 한자의 모양만 보고서도 음의 패턴에 관한 유추가 가능하다. 또한 표의문자이기에 글자가 지닌 뜻에 관한 유추도 가능하다. 그러나 한문과 출신이라고 해도 『강희자전(康熙字典)』을 다 외우고 다니는 건 아니라서, 모르는 단어에 대한 유추는 결국 확률에 기댄다.

기억을 더듬어 보면, 당시 지문의 맥락상으론 작물을 거두어들인다는 의미였던 것 같다. 그러나 '鎌'의 정확한 뜻을 모르고 있었으니, '거두어들인다'의 구체적 행위가 캐는 것인지 베는 것인지를 모르겠는 상황. 나는 결국 '호미'라고 적었다. 동양고전에 관한 기획을 준비하면서 전공 지식들을 다시 들여다보던 와중에 그런 가정을 해봤었다. 만약 내가 그해에 저 문제를 틀리지 않았더라면, 내 인생의 방향은 조금 달라졌을까? 문제 하나가 임용을 좌우할 수 있었겠냐만, 그해에 복잡하게 얽히고설킨 이런저런 이야기들이 있었던 터라, 어떤 가정도 해보게 되던 내 인생에서 가장 힘들었던 시기.

한참의 세월이 지나 찾아가 본 가마쿠라에 저 한자가 기다리고 있었다. 아무리 전공을 방치한 지 오래되었어도 내가 저 글자를 잊어버릴 리가 있나? 그렇게 틀린 후에야 알게 되는 것들이 있고, 때론 길을 잘못 들어서는 반복의 와중에 제대로 찾아가는 경우가 있고…. 그렇듯 어제의 파편들이 모여 이룬 오늘, 오늘의 오류에서 찾아내는 내일. 부서진 삶의 조각들을 갈아 다시 서로의 이를 맞추며 한 장의 퍼즐을 완성하듯 나아가는 삶.

지나온 시간들이, 미래에서 기다리고 있는 우연을 필연으로 맞닥뜨리게 하는 경우가 있다.

5. 그 바닷가에 두고 온 여름

지나온 시간들이, 미래에서 기다리고 있는 우연을 필연으로 맞닥뜨리게 하는 경우가 있다. 이렇게 저렇게 인연이 닿은 분들도 어쩌면 그런 미필적 필연이었는지 모르겠고…. 누구나가 다 그런 삶의 스토리텔링들을 지니고 있다. 그 조각들의 이를 맞추어 보지 않는 것뿐이지. 글쓰기가 건네는 것들 중 하나가 그런 조합의 기능이다. 뭐라도 쓰려면 이런저런 기억의 조각들을 그러모아야 하다 보니, 다른 시간대에 벌어졌어도 서로 이가 맞는 조각들이 순간에 모여들 때가 있다. 『한국에서 아티스트로 산다는 것』의 인터뷰 기획을 진행하는 동안 느끼는 점도 그런 것들이었다. 화가분들은 미처 생각해 보지 않았던, 그들 각자가 지닌 꽤나 괜찮은 스토리텔링의 퍼즐을 내가 맞추고 있었다.

비 오는 날의 가마쿠라

「슬램덩크」 관련 저서를 출간한 입장에서, 기억 속으로의 순례와도 같은 해변길을 찾아 떠난 여행. 그러나 그해 그 시기에는 가마쿠라 지역에 27일째 비가 내리고 있었다. 일본어 교사가 통역해 준, 가마쿠라에 여행객의 발길이 끊겼다는 뉴스. 우리 일행은 93%의 습도 속에서 그 27일과 28일째의 비 오는 날을 보내고 있는 몇 안 되는 이방인이었다. 내 인생의 단면이기도 하다. 도대체 이게 뭔 재수야 싶기도 하면서, 그런 고요한 가마쿠라를 본 외국인이 얼마나 될까 싶은 '차라리 애써 긍정'.

내내 흐린 날씨였던 가마쿠라. 가는 빗줄기는 내리다 말다를 반복. 덕분에 고즈넉한 분위기를 기억에 담아 올 수 있었는지도 모르겠다. 좋은 날씨였다면, 회상 속 여름의 표

무엇을 좋아한다는 건,
약간의 광기도 섞인 증상이다.

상이기도 한 하늘과 바다를, 북적거리는 관광객들 사이에서의 불쾌지수와 더불어 기억하고 있었을지도….

「슬램덩크」에는 비 내리는 날의 시퀀스가 2번 등장한다. 강백호를 반드시 유도부에 가입시키고 싶어 했던, 유도부 유창수가 보낸 유도부 후배들과 트러블이 있던 날. 그리고 해남과의 결전에서 저지른 결정적인 패스 미스에 대한 가책으로 방황하던 어느 날. 저 자신의 눈물인 양, 열린 하늘이 쏟아 내는 슬픔을 온통 맞으며 걸어가던 강백호.

그렇듯 무엇을 좋아한다는 건, 약간의 광기도 섞인 증상이다. 누군가를 좋아하는 증상도 그렇잖아. 미칠 듯 사랑하는 게 아니라, 이미 약간은 미쳐 있는 거야. 그러나 또한 미쳐야 미친다고 했던가. 미치지 않고서는 그렇게 하지 못할 일들.

일본어 교사 윤석이

아직 그림의 저작권에 대해 자세히 알아본 적이 없었던 시기에는,「슬램덩크」관련한 원고를 이노우에 다케히코의 일러스트와 함께 출간할 생각이었다. 결국엔 그림의 저작권이 문제가 됐다. 관심을 보였던 한 대형출판사 쪽에서 백방으로 알아봤지만 끝내 해결하지 못하고, 이전까지 오가던 이야기도 흐지부지. 마지막 시도라는 생각에 내 진심을 담은 이메일을 써서, 일본어 교사로 일하고 있는 대학교 후배가 번역해 준 것을 이노우에 다케히코 측에 몇 차례 보냈지만, 답장이 없었다. 일본 내에서도 이런 부탁이 많았다고 하니, 그 피로도는 이해한다. 그래서 차선책으로 일러스트 작가분을 섭외해서 저작권을 최대한 피해 갈 수 있는 방법을 고민했던 것.

'지나고 보면 추억'…
어쩌면 나에게만 추억인지도 모르겠다.

그 이후로 이 일본어 교사는 내 일본어 번역 담당이 됐다. 가마쿠라로의 여정 중엔 통역 담당이었고…. 미야자키 하야오 건도 있고 해서, 앞으로도 술을 몇 번 더 사야 한다.

"아~ 노인네! 체력도 좋아."

왔으면 뽕을 뽑아야지. 아침 9시부터 가마쿠라 곳곳을 누비는 내 뒤를 따르면서, 내내 투덜대던 이 놈은 내가 학회장일 때 1학년으로 들어왔다. 그때부터도 선배를 별로 어려워하지 않았다.

얘네 학번 남자 동기들 5명(원래 남자가 적은 과다.)은 오리엔테이션부터 똥 밟은 케이스. 하여튼 그런 일이 있었다. 늘어놓으려면 한도 끝도 없는, 술과 관련한 에피소드. 게다가 당시에는 내가 꽤나 주당으로 활약하고 있었기에, ‘지나고 보면 추억’이라는, 되도 않은 명분으로 후배들과 엄청 마셔 댔다. 어쩌면 이렇게 한 꼭지의 글로나마 돌아보고 있는 나에게만 추억인지도 모르겠다.

국어 교사 태규

"형! 언제 오실 거예요?"

부산 출신의 대학 후배 하나가, 잘 다니고 있던 부산의 한 공기업을 그만두고서, 임용시험을 다시 국어과로 준비해서 몇 년 만에 붙었다. 지금은 늦깎이 교사로 청주에서 근무하고 있다. 아무런 연고도 없는 지역에서 살다 보니, 퇴근 후의 시간이 그렇게 무료한가 보다. 임용 준비 기간 동안에도 가끔씩 넋두리 전화를 걸어오곤 했었는데, 임용이 된 이후에도 가끔씩은…. 매번 청주에 내려가 보기로 약속은 하면서도, 한번 가야지 가야지 하면서도 못 가다가, 함께 가마쿠라를 가게 됐다.

내가 졸업할 때도 이미 한문교사의 수급이 녹록치 않은 시절이어서, 부전공과 복수전공을 준비해야 했다. 아니다

기억에 남길 만한 순간들로 재편집되다 보니,
돌아보는 시간은 다 아름다운 것.

싶을 땐, 제2전공으로 승부를 봐야 했고…. 실상 나도 중국어 시수를 들어가야 했던 경우. 어쩌다 보니 한문 전공자들로 분화된 한중일 삼국지. 그 모두가 「슬램덩크」에 매료되었던 극동.

전공으로부터 분화된 각자의 과목으로 살아가던 이들이, 공통된 주제에 관한 각자의 추억을 상기하게 되는 여행. 어쩌면 이곳을 찾아오는 한국인과 중국인, 일본인들에게 이 바닷가가 그런 의미이지 않을까? 그 세대를 대변하는 공통의 풍경으로서…. 하여 일본도 중국도 한국도 아닌,

그 사이에 놓인 어딘가로서의…. 그렇듯 그것을 규정하는 것은 그것 자체가 아니다. 그것과 맺고 있는 관계이지.

내가 복학하던 해에 1학년으로 들어온 태규는 일본 애니메이션 마니아. 내가 이 바닥으로 건너온 후에 적지 않은 도움을 받고 있다. 건담 시리즈는 얘가 추천한 것만 봤다. 이 녀석이랑도 에피소드가 엄청 많은데….

예전에는 한남역을 지나는 '국철'이 용산-성북을 왕복했었다. 한남동이 세가 비싸서, 교통비 감안하고서도 더 괜찮은 방을 구하려다 보니 다른 지역에서 자취를 하는 경우가 있었는데, 녀석은 회기에서 나는 외대앞에서 살았던 1년이 있었다. 그리고 성북에 사는 선배 형이 있었는데…. 얼큰히 술에 취해 막차에 오르면, 회기에서도 못 내리고 외대 앞에서도 못 내리고 모두 성북에서 깨어났던 기억. 셋 중 누구 하나는 깨어 있겠지, 라는 믿음은 곧잘 서로를 실망시켰다.

기억에 남길 만한 순간들로 재편집되다 보니, 돌아보는 시간은 다 아름다운 것. 돌아보니 그적저럭 재미있었네. 것 봐, 지나고 보면 다 추억이라니까!

파리 신드롬

가마쿠라에 닿기 전까지만 해도, 저패니메이션 특유의 구름과 바람, 여름 그늘의 분위기, 그리고 그곳에서 다시 만날 우리들의 화양연화를 상상하고 있었다. 그러나 내내 비를 몰고 다녔던 '민씨의 아이'. 또 막상 다가서 보니 그렇게까지 큰 감흥은 없는 풍광 앞에서의 탄식, '이~ 씨, 아~이...'

"현실은 잔인하죠."

태규가 말했다. 이상이란 그 이상의 속성이 지켜지는 동안에나 이상일 수 있는 법, 내가 투영한 환상 밖으로 내쳐진 현실은 때론 잔인하도록 허망하다. 여기를 보려고 먼 길을 달려왔단 말인가. 때문에 그 현실을 왜곡하기도 한다. 이를테면 파리 신드롬 같은 것. 소중히 간직해 왔던 것들이

태규가 말했다.
"현실은 잔인하죠."

아무것도 아닌 게 되는 순간을 받아들일 수가 없어서, 되레 내게서 가능한 최고의 문체로 써내리고 싶은, 바람과 구름과 비, 그리고 사람과 사랑.

가마쿠라 여행 기간 내내 해가 든 순간은 저때가 잠깐이었다. 윤석이는 언제 또 햇살이 비칠지 알 수 없다며 그 순간을 찍었고, 나는 그의 순간을 찍었다. 너무도 모자란 조도였지만, 그마저 다시 없을지 모를 빛. 어떤 여정이든 또한 기한이 있는 것이니. 그 빛의 질량을 아쉬워만 하고 있을 게 아니라, 비출 때 담아 두라! 시간이 흐른 뒤에는 이렇게 회상의 원고로라도 써내릴 수 있는 소재일 터이니. 인생도 그렇지 않을까? 당장의 풍광으로는 성에 차지 않아도, 오랜 시간이 지난 후에 혹시 그로 인해 있을지 모를 다른 가능성을 기약해 보는 것.

철학으로 인연이 된 사장님께서, 내가 왜 그렇게 「슬램덩크」에 애착을 지니는지에 대해 물으셨다. 드릴 수 있는 대답이라곤 '그냥'. 뭔가를 좋아한다는 데에는, 또 누군가를 좋아하는 데에는 '그냥'이라는 이유밖에 없지 않나? 좋아할 만한 인과가 명확해서, 논리적으로 명증하게 설명할 수 있도록 좋아하는 건 아니니까.

그런 것 보면 '그냥'이란 단어만큼 많은 의미를 함축하고 있는 수식어도 없다. 말로는 그해 그 시기의 27일째 비가 내리던 가마쿠라에 빗대어 내 인생을 희화하지만, 실상 그 어떤 모습이어도 그냥 좋은 것. 그렇듯 그냥 좋은 것들에 관한 이야기.

시치리가하마(七里ヶ浜) 고등학교

실상 가장 보고 싶었던 풍경은 「슬램덩크」에 나오지 않는, 이 시치리가하마(七里ヶ浜) 고등학교였다. 어떤 영화였는지 잘 기억나진 않는데, 하여튼 어느 대만 영화나 일본 영화에 저렇듯 해변에 위치한 학교를 본 적이 있어서…. 내심 교실까지 들어가 해변의 뷰를 감상해 보고 싶었는데, 그럴 수 있는 상황은 되지 못했다.

창가에 앉은 학생들이 수업 시간에 가끔씩 넋 놓고 바다를 바라보고 있진 않을까? 게다가 해변도로와 경전철까지. 최적의 면학 분위기는 아닌 듯. 강릉과 부산에 저런 풍경 안에 자리한 학교가 있나? 우리나라의 어떤 학부모들 같았으면 방음벽 세워 달라고 민원을 넣어도 넣었을 사안. 어쩌면 저곳에 사는 어떤 학부모들도 그랬을지 모를 일이고….

예전에 한 여자 후배가 서울 지역 임용시험에 붙었는데, 첫 발령지가 강남 학군이었다. 벌써 10년도 더 지난 이야기인데, 녀석이 3학년 수업에 들어가서 '뭣도 모르고' 한문 수업 진행했다가 어떤 학부모들에게 컴플레인을 받았단다. 3학년에게 자습시간을 보장해 줘야지 왜 수업을 하느냐고…. 물론 초임이었으니 아직은 학교 풍토를 잘 몰랐을 테고, 또 녀석 성격에 엄청 열심히 준비를 해갔을 테지. 그런데 한문 시간에 한문 가르친 게 그렇게 욕먹을 짓이야? 그러나 또 교사들이 학부모 입장으로 돌아설 땐 더 하다는 거. 그런 이중성과 모순. 어쩌면 우리 교육의 현실인지도 모른다. 그런 체계 안에서 학생이었다가, 교사가 되고, 학부모가 되는 것이니.

윤석이가 그러는데, 일본 학생들이 의외로 진학률이 높지 않단다. 그래서 학창시절의 기억을 소중히 여기는 편이고, 그 회상적 로망을 투영하는 증상이 학원물이란다. 가마쿠라에 갔었을 무렵, 아직 일본은 방학이 아니었던 듯했다. 그런데 이 날은 주말이었거든. 그럼에도 적지 않은 학생들이 학교에 나와서 클럽활동을 하고 있었다.

이제는 거의 모든 면에서, 바이러스의 재해를 대하는 시민의식마저도, 한국이 일본을 앞지른 시절이지만, 일본의

해변도로와 경전철,
최적의 면학 분위기는 아닌 듯.

인프라는 부럽기도 하다. 「슬램덩크」에서도 농구부가, 우리나라처럼 운동부 개념이 아닌 클럽 개념이잖아. 이게 20년 전의 일본 이야기. 우리나라 시스템에서는 아직 클럽팀과 학교 운동부는 리그 자체가 다르다. 엘리트 스포츠 시스템이 이걸 놓지 않고 있는 것.

주문진만 한 규모의 동네에, 내 곁을 스친 모든 학교들이 야구부 그물망을 갖추고 있었다. 그런 클럽 활동들끼리의 경쟁이 고시엔(갑자원, 甲子園)으로까지 이어지는 것. 대학진학률이 우리만큼 높지는 않아도, 우리만큼 경쟁이 치열한 사회이지만, 적어도 저들에게 학교는 이것저것 해볼 수 있는 기회를 제공하는 공간이며 시간이다. 우리는 그마저도 사교육 시장이다.

에노시마

「슬램덩크」의 마지막 장면에서처럼, 이 각도로 에노시마를 바라볼 수 있는 지점을 향해 발품을 팔았다. 대개 에노시마를 찍은 사진들은 반대편에서의 각도다. 그곳에 그 유명한 해변철로와 가마쿠라 고교의 풍경이 놓여 있기도 하지만, 도쿄 일정 와중에 반나절 코스로 들르는 이들이 많기에, 여기까지 올 시간도 없었을 게다.

해안선을 끼고 달리던 경전철이 에노시마 역에서부터 해변 멀리로 방향을 틀기도 하기에, 이래저래 조금 발품을 팔아야 눈에 담을 수 있는 기억 속의 에필로그. 그런데 좋아한다는 건 그런 피로도까지 즐기는 가치가 아닐까? 남들은 이해할 수 없을 맹목적 열망으로 걸어가 보는 것. 아니 어쩌면 그것이 목적인지도 모를 열망과 함께 무시간적으

아직도 18살로부터 자라지 않은 듯한 심정을 대변하는 여름의 표상. 나는 여전히 그 안에 머물러 있다.

로 머물 수 있는 것.

나는 딱히 가보고 싶은 해외가 많지는 않다. 그런데 저기서는 한 달 정도만 살아 보고 싶다. 실제로 가보면 강릉 앞바다와 다를 게 뭐가 있겠는가? 그저 내 과거로의 지향성이 가닿고 있는, 그곳에서 살아 본 적 없으면서 기억으로 간직하고 있는, 청춘으로의 영원회귀 같은 것.

들뢰즈의 표현을 빌리자면 '노에마적 빈위이자 노에시스적 표현 가능자'. 후설의 키워드로 엮은 이 구절이 무슨 말인고 하니, 자신의 존재를 해명할 수 있는 관점으로 현상에 어떤 의미부여를 한다는 이야기. 당신이 원래부터 그런 성향이어서 그렇게 보고 있는 것이라기보단, 그렇게 볼 수밖에 없는 조건 속에 당신이 놓여 있다는 것. 그깟 만화 하나가 뭐라고 나의 존재론으로까지 순환하는, 아직도 18살로부터 자라지 않은 듯한 심정을 대변하는 여름의 표상. 나는 여전히 그 안에 머물러 있다. 그러나 또한 매년 여름 끝에서 여름을 놓아 주는 아쉬움이 작년과 재작년과 다른 올해의 '노에마적 빈위이자 노에시스적 표현 가능자'.

내 낡은 서랍 속의 바다

마땅한 소챕터 제목이 떠오르지 않을 땐, 학창시절에 좋아했던 뮤지션들의 노래 제목을 그대로 가져다 쓰는 경우가 있다. 『어린 왕자』와 관련한 원고를 정리할 때는, 아예 이승환의 노래들로 채워 봤었다. 그런 제목들 중에 아껴 두고 있는 것 하나가 - 이게 뭐라고 아껴두기까지 - 패닉의 「내 낡은 서랍 속의 바다」라는 곡이다. 독자들의 눈길을 사로잡기 좋은 문구인지 어떤지는 차치하고서라도, 제목에서부터 이미 추억에 관한 이야기라는 사실은 해명되는 경우 같아서…. 서랍을 열면 한 가득 뿜어져 나올 듯한, 시간의 더께를 이고서 일렁이는 바다. 내게는 그 풍경이 가마쿠라의 에노시마 부근이다.

대학교 졸업반이 되어 집안에 들이닥친 이런저런 우환

17살의 강백호 곁에 두고 온,
나의 17살을 기억하고 있는 듯한 바다.

으로 인해, 잠깐 동안 2번의 이사를 한 적이 있다. 학창시절에 좋아했던 뮤지션들의 앨범들도, 중고등학교 졸업 앨범들도, 그 이외에 많은 기억들이 그때 다 어디론가 사라졌다. 「슬램덩크」란 만화를 중심에 두고서, 그것을 둘러싸고 있던 당시의 기억들을 하나둘 떠올렸던 기획도 그런 이유에서인 듯하다. 별 다른 추억의 매개물들이 남아 있지 않아서, 그걸 대신하는 만화책. 내게선 만화 이상의 의미가 되어 버린, 프루스트-들뢰즈의 '비자발적 기억'이니 '사물의 기억'이니 하는 것들이 모두 가능한, 만화 속의 바다.

만화의 바깥에서 마주한 저 바다가 특별할 게 뭐가 있겠나. 특별함이라는 것도 풍경 자체가 지닌 것이라기보단, 내 기억과 기대를 투영하는 것이지. 17살의 강백호 곁에 두고 온, 나의 17살을 기억하고 있는 듯한 바다. 여기에 와서 나는 무엇을 떠올려야 하는 것일까? 어떤 글들을 써와야 하는 것일까? 그런데 그런 목적의식으로 끌리고 있는 것도 아니었다. 그냥 무작정 한번 와보고 싶었다. 내가 멈춰서 있는 듯한 시절의 기억 속으로….

찢어진 그물

『그로부터 20년 후』에도 써넣은 내용이긴 한데, 한창 농구 열풍이 일었던 내 또래들의 학창시절에는 농구골대 그물이 끊어져 있는 시간이 더 많았다. 쉬는 시간마다 나와서 공을 던지는 남학생들의 열정을 감당할 수 없었던 내구성은 아주 잠깐 동안만 제 모습을 유지할 뿐이었다.

내겐 학창시절의 표상 중 하나가, 하늘을 배경으로 바람의 결대로 기울던, 그 찢어진 농구골대 그물이기도 하다. 그런데 그 풍경을 표상으로 기억하는 사람이 얼마나 될까? 내 기억 속의 심상이 누구에게나 그렇게 보였을 객관적인 이미지는 아닐 게다. 그에 관한 글을 쓰려다 보니, 학창시절에 좋아했던 콘텐츠에 대한 회상의 열망이 덧대어진 미화를 거친 시선이었을 테고…. 그렇듯 추억의 일정 지분은 현재의 것이다. 그 순간에 많은 의미부여를 하면서 나의 지금을 해명코자 하는….

이젠 매년 벚꽃 피는 시기가 다가오면, 나는 북산고의 4월을 떠올린다. 그곳에 두고 온 것만 같은 내 17살로 강백호에게 닿는 노에마, 어쩌면 채소연에게 닿는 아니마인지도…. 내 지향성 안에서의 낙화, 그 초속 5cm으로 매일같이 청춘에서 멀어지고 있는 노화. 그 세월을 극간 속으로 밀려드는 회상의 이미지들을 승화의 일환으로나마 써내려 보는 페이지들. 그러나 들뢰즈의 말마따나, 풍광은 언어에 머무르지 않는다. 도저히 언어로 따라잡을 수 없는 앳된 심정을 도저히 가눌 길이 없지만 부득이하게 언어로라도 표현해 보는 것.

오류의 풍경

그 유명한 가마쿠라고교 앞 철도 건널목 근처 어딘가, 두 갈래의 길이 있었다. 딱 봐도 어느 쪽이든 저 너머로 이어질 것 같잖아. 그러나 두 길로 다 걸어가 보고 나서야 알게 된 사실, 그 어느 쪽도 결국 다시 이 지점으로 돌아오게 하는 길이었다는 거. 내 청춘의 일기장에는 대부분 그런 오류의 풍경들을 적었던 것 같다. 결국엔 이 길도 저 길도 아니었는데, 가다 보면 나올 것이란 감 하나 믿고 무작정 걸어가 본 시간.

실상 지금이라고 별반 다른 것도 아니다. 또 길이라는 게 그렇잖아. 내가 살고 있는 동네의 것들과 비슷비슷해 보이니 대충 알 것도 같은 풍경. 그렇게 들어섰다가 다시 돌아 나오기도 하고, 돌아 나오다 다시 길을 잃기도 하고….

내 청춘의 일기장에는 대부분
그런 오류의 풍경들을 적었던 것 같다.

어쩌면 되레 익숙한 풍경 속에 더 많이 도사리고 있는지 모를 오류의 가능성. 어린 시절과의 차이라면, 이왕 잘못 들어선 그 오류의 시간 동안 마주친 풍경들도 분명 내 삶에 도움이 될 것이라는 믿음으로 둘러보는, 다소의 여유가 생겼다는 것. 이렇듯 '오류'에 관한 한 꼭지의 글로라도 남길 수 있으니 말이다.

지나간 어느 여름날

몇 년 전 결혼식에 참석할 일이 있어서 내려갔다가, 해운대 어딘가에서 담은 한 컷. 당시는 부산에 살고 있던 태규가, 잘만 찍으면 「슬램덩크」의 배경지인 가마쿠라고교 앞 철길과 비슷하다고 해서…. 그런데 가마쿠라 분위기를 내기엔 바다는 너무 멀고, 아구찜이라는 글자는 너무 크고, 날씨마저 도와주지 않았다. 몇 년 뒤에 태규랑 온 가마쿠라의 날씨는 더 나빴다.

『그로부터 20년 후』에 첨부된 그림 모두는, 일러스트 작가분과 출판사 대표님과의 협의를 거친 결과물들이다. 그 과정에서 새삼 깨닫게 된 사실 하나. 「슬램덩크」의 성지로 알려진 가마쿠라고교 앞의 철길이지만, 실상 만화책에서는 저 철길이 그렇게까지 임팩트 있는 장면에 쓰이지는 않았다. 그러니까 만화책으로 본 세대에게는 저 철길이 「슬램덩크」의 표상이라고까지는 할 수 없다.

애니메이션을 보고 자란 세대에게도, 디렉터 컷 성격의 오프닝이 주된 원인일 것이다. 그런데 애니메이션은 이노우에 다케히코가 직접 작업을 한 게 아닌가 보다. 그 스스로도 애니메이션 작업을 허락한 것에 대해 후회를 했단다. 팬의 입장에서 봐도 디테일이 떨어지는 작화와 구성이니, 원작자의 심정은 오죽했겠는가? 그런데 정작 명작의 표상을 졸작이 제공한 역설.

그런데 만화를 몇 번이고 다시 펼쳐 본 나조차도 원고를 쓰는 내내 저 철길을 추억으로 회상하고 있었다. 그렇듯 기억이란 게 과거에서 일어난 그대로를 간직하는 데이터도 아니다. 때때로 타자의 시간을 공유하는 집단적 이미지이기도 하다.

만화책 세대인 내게 가장 인상적인 기억으로 남은 장면은 마지막 시퀀스에서의 에노시마다. 보다 원대한 꿈으로 바다 저편의 하늘을 바라보고 있는 서태웅, 그리고 서태웅 뒤에서 서태웅이 바라보는 하늘을 함께 바라보고 있는 강백호. 「슬램덩크」의 연재가 끝나는 날에, 이 컷을 한참 동

명작의 표상을 졸작이 제공한 역설.

5. 그 바닷가에 두고 온 여름

안이나 바라보고 있었다. 아쉬움도 아쉬움이었지만, 저들과 같은 열망으로 살아야 하는 것이 아닌가 하는 열망에 사로잡혀, 쉽게 가시질 않았던 헛헛함과 먹먹함을 아직도 기억한다.

20년의 세월이 지나서 다시 이 컷을 바라보는 심정은, 20년 전의 어느 날과 같다. 아니 약간 다르다고 해야겠다. 서태웅과 강백호 뒤에서 그들을 바라보던 20년 전의 내가, 지금의 내게 어떤 시그널을 보내고 있는 듯하다. 그 시그널이 명확히 해독되지는 않고, 그 시절과 마찬가지로 헛헛하고 먹먹한 기분이라는 사실만이 분명하다. 그냥 내 상상을 덧댄 시그널에 대한 해석은, 그 시절의 내가 지금의 나에게 던지는 질문이다.

"미래의 나는 어떤 어른이니? 멋진 어른으로 살아가고 있니? 이날의 열망을 아직도 간직하고 있니?"

『그로부터 20년 후』라는 제목도, 그 마지막 시퀀스의 바닷가 장면으로부터 20년 후라는 의미였다. 또한 이곳으로 다시 돌아온 서태웅과 강백호, 그리고 그들을 사랑한 '우리 모두'라는 의미다. 서태웅의 머릿결에 불던 바람과, 강백호를 비추던 태양과, 그들을 기억하는 푸른 하늘과 푸른 바다. 그리고 그것들이 있어 행복했던 푸른 여름날의 나에 대한 이야기.

이노우에 다케히코의 성향으로 미루어 본다면, 결국엔 농구를 그만둘 수밖에 없었던 강백호의 미래를 숨겨 두고 있지 않았을까? 그 시절에는 강백호가 저 자신의 신화창조를 이어 가는 속편을 상상해 보기도 했지만, 이제 돌아보니 차라리 자신의 꿈을 이루지 못한 강백호의 '현실'이 위로가 되기도 한다. 그와 함께 학창시절을 보냈던 우리 역시, 대다수가 그 시절에 지녔던 꿈을 이루지 못했을 테니. 어릴 적 꾸었던 꿈을 이루고 살아가는 인생들이 과연 얼마나 될까? 그 꿈으로부터 얼마나 멀리 떨어진 거리에서 살아가고 있는 우리일까?

처음 와본 곳에서, 왜 이토록 애잔한 추억으로 떠올리고 있는 것일까? 그저 만화 한 페이지인 것을, 기어이 어떤 수사로 써내려 가고 싶은 충동을 느끼고 있는 이유는 무엇일까? 뭐라고 형용할 수는 없는데, 내가 자주 쓰는 표현인 '지나간 어느 여름날'을 대변하는 심상도 이 해변이다.

서태웅에겐 농구 선수로서의 미래가 기다리고 있었겠지? 그 시절의 내가 지닌 열망이 서태웅의 시선인 줄 알았는데, 세월이 흘러 뒤돌아보니 서태웅을 바라보던 강백호

서태웅의 시선인 줄 알았는데, 세월이 흘러 뒤돌아보니 서태웅을 바라보던 강백호의 시선이었다.

의 시선이었다. 나는 어릴 적에 지녔던 꿈을 이루지 못했다. 그런데 또 다른 한 편으로 지금의 이 꿈을 완성하기 위해 그렇게 둘러온 길이 아니었나 싶은 생각도 든다.

북산고와 능남고의 모델인 도쿄 도립 무사시노 북고등학교와 가마쿠라 고등학교는, 만화 속에서 에노시마 경전철 라인으로 설정되어 있지만, 실제로는 분당과 일산의 거리만큼으로 떨어져 있다.

우리는 이노우에 다케히고가 재정립한 세계로 「슬램덩크」의 배경을 이해한다. 그러나 꼭 작가의 완력에만 이끌려 가지는 않는다. 각자가 간직한 추억과 함께 탈주적 흐름을 타기도 한다. 가마쿠라는 일본의 한 작은 도시인 것만도, 만화 속의 설정인 것만도 아니다. 때문에 각자가 지닌 회상적 이상에 대한 해석으로, 막상 가보면 강릉 주문진과 별 다를 게 없는 도시를, 굳이 제 비용 들여 찾아가는 것일 테고…. 저마다에게 그런 풍경들이 있지 않던가. 공간의 의미 이상인 시간까지 끌어안고 있는 장소.

저곳이 단지 「슬램덩크」의 배경지라서, 일본의 유명한 휴양지라서 찾아간 것이겠는가. 강백호 곁에 두고 온 내 17살의 기억도 저곳에 있기에, 한 번도 살아본 적 없는 곳에서의 추억을 되찾고자 떠나는, 이 또한 '잃어버린 시간을 찾아서' 커넥션. 나에겐 이 만화에 대한 열망은 들뢰즈의 『프루스트와 기호들』을 향하고 있다. 각자의 의미로 다가서는 해석의 기호들로 채워진 '텍스트'적 풍경이다.

기호학에서 말하는 '텍스트'란, 단지 문자의 영역에 한정되는 것이 아닌, 우리가 의미화할 수 있는 모든 풍경으로 확장된 개념이다. 롤랑 바르트가 '작품'과 구분하는 '텍스트' 개념 또한, 저자의 의도를 벗어나 독자와 상호작용하는 성격이다.

이를테면 무라카미 하루키의 브랜드와 그의 세계관, 그것을 제거한 하루키가 쓴 글 자체를 의미한다. 이렇게 되면 그 글은 하루키의 세계관으로 이해되는 것이 아니라, 독자의 독자적인 세계관으로 이해되어진다. 즉 텍스트는 독자들에게 읽혀지는 동시에, 각각의 독자에게서 다시 쓰여지는 것이다. 그로써 문단과 비평가들 그리고 하루키 저 자신 사이에서의 하

루키가 아닌, 독자 저마다의 하루키와 저마다의 작품을 소유하게 된다. - 민이언, 『문장의 조건』 중 -

줄리아 크리스테바를 빌리자면, 페노텍스트(pheno-text)와 제노텍스트(geno-text)의 차이. 현상 그 자체로 받아들이는 텍스트가 있다면, '생성'을 잠재하는 텍스트가 있다는 것. 열성팬들이 단지 「슬램덩크」와 「빨강머리 앤」의 내용만을 기억하는 것에 머물지 않고, 저마다의 「슬램덩크」와 「빨강머리 앤」을 소유하듯.

북산고의 일본판 명칭이었던 '상북(湘北)고'는 이 가마쿠라 해변 일대를 '쇼난(상남,湘南)'이라고 부르는 데에서 연유한단다. 그러니까 우리나라로 치면 '호남'을 배경으로 하는 만화에 '호북고등학교'를 설정한 격. 내가 이 사실을 어떻게 알았는가 하면, 「GTO」의 프리퀄인 「쇼난 2인조」의 배경도 여기였기에…. 교직 시절의 내 별명이 그 만화에 등장한다.

초임시절, 나름대론 학생들과 격 없이 지내 볼 요량으로 남학생들에겐 욕도 잘 내뱉는 열혈의 캐릭터였다. 그래서였는지? 학생들 사이에서 내 별명이 오니츠카였던 적이 있었다. 그런데 그 별명을 내가 못 알아들었다. 그때까진 그

만화를 본 적이 없어서…. 나중에야 애니메이션으로 제작된 몇 편을 유튜브 영상으로 시청하고서 오니츠카가 누구인지를 확인했었다. 이래저래 나에겐 '돌아왔다'는 회고의 성격으로 '처음' 와본 곳.

일선에서 교사로 근무하고 있는 대학 후배들과 떠난 여행. 가마쿠라에서 내가 떠올린 추억은 오롯이 학창시절의 시간이었을까, 교직시절을 경유하는 것들이었을까? 어찌됐건 현상으로서 뿐만이 아닌, 증상으로의 가마쿠라를 보고 온 경우다. 풍경 안에 잠재해 있는 제노(geno)의 기호들을….

관심 없는 이들은 이게 다 무슨 말인가 싶겠지만, 내겐 「빨강머리 앤」을 좋아하는 이들과 별반 차이 없는 문학의 지위로서 「슬램덩크」라는 이야기. 이런 인생 콘텐츠 하나가 있다는 게 얼마나 행복한 일인지, 관련 저서를 출간하고 나서 더 애틋해지는 기분. 들뢰즈에게 프루스트가 있었다면, 내겐 이노우에 다케히코가 있다는 거.

그로부터 20년 후

『그로부터 20년 후』의 표지 그림으로, 가마쿠라 해변을 배경으로 하는 장면을 제안했었다. 그 시절, 우리가 좋아했던 「슬램덩크」의 대미. 그로부터 다시 시작되는 이야기라는 의미로, 성인이 되어 다시 이 바닷가로 돌아온 강백호나 서태웅을 그렸으면 했다. 그러나 내 의견은 채택되지 않았다. 하여 얼마 후 내가 직접 가마쿠라에 가서 그 포즈를 취했으나, 모델의 문제와 더불어 날씨의 문제.

무엇이 되어 돌아왔을까? 강백호의 경우였다면 농구 선수로서의 미래는 아니었을 것 같다. 그래서 일반 직장인이 되어 돌아온 강백호의 미래를 상상해 봤던 것. 「슬램덩크」에 등장하는 많은 고교 농구 선수들 중에, 자신의 꿈을 이룬 이들이 얼마나 될까? 그 모두가 최선을 다해 달려온 길,

무엇이 되어 돌아왔을까?
강백호의 미래는 농구 선수로서의 성공이었을까?

누군들 열정이 모자라서 되지 않았던 것이겠는가. 최선과 최선이 맞붙는 경쟁에서, 누군가는 되고, 누군가는 되지 않을 수밖에 없으니…. 하지만 언제나 '된 자'들의 이야기 옆으로 버려지는 그들 각자의 이야기. 직장인이 된 강백호가 회사에서도 천재였을까? 항상 진급에서 누락되는 둔재로서의 미래는 아닐까? 그런 가정, 어쩌면 실제에 관한 이야기. 많은 이들의 현실이 대개 그러하니까.

전국 최강 산왕과의 결전에서 모든 힘을 쏟아 낸 나머지, 그다음 경기에서 북산고가 무기력하게 패배하는 설정은 그런 의미의 위로다. 실상 삶이 그렇기도 하잖아. 험난한 산을 하나 넘었다고 해서, 그다음에 마주친 언덕이 쉬운 것도 아니고…. 그해 여름, 그들이 써내려 간 신화가 그들에게 펼쳐질 앞날을 신화로 보장하는 것도 아니고, 그 뒤에 어떤 미래가 기다리고 있었는지는 누구도 모를 일이고….

소연이는 백호의 마음을 받아 줬을까? 태섭이는 한나와 이루어졌을까? 알잖아. 삶은 그런 뻔하고 순탄한 스토리텔링을 허락하지 않는다는 사실을…. 태섭의 미래는 농구 선수였을까? 한나는 스포츠 신문사 기자가 되었을까? 그 계통은 아니더라도 커리어우먼으로서의 삶을 살아가고 있을까? 아니면 전업 주부의 삶을….

물론 다들 그렇게 살아가는 삶이고, 자신의 선택으로부터 뻗어 나온 오늘의 시간을 후회하는 건 아니더라도, 가끔씩은 우리의 잃어버린 시간을 우리의 오늘에게 증명해 보이고 싶을 때도 있잖아.

기억하길, 내가 바로 그 옛날의 그(녀)였다는 사실을….

학교의 중심에서

「슬램덩크」의 결말에서는, 강백호가 가마쿠라 해변에서 채소연의 편지를 읽는 장면과 북산고의 풍경이 교차 편집된다. 그 교차 편집의 흐름을 따라가다 보면 '난 천재니까!'의 대미가 기다리고 있다. 영화 「세상의 중심에서 사랑을 외치다」는, 한 사건의 단서를 찾기 위해서 다시 학교로 돌아온 주인공이 추억의 공간들을 들르면서 불러일으키는 옛 이야기들과 현재의 시간이 교차 편집 된다. 졸저 『그로부터 20년 후』의 원고를 쓰는 내내 그 포맷을 염두에 두고 있었다. 모교의 풍광 자체가 주는 아득함과 아늑함의 분위기가 있지 않던가. 그런데 사람마다 출신교가 다 다르니, 그 공통분모가 될 수 있는 상징적 모교를 북산고로 설정했던 기획. 모교의 중심에서, 우리의 지나간 어느 날을 외친다는 방식의 '프루스트 효과'로 해석해 보고자 했으나, 애초의 의도대로 되진 않았다.

고등학교에 입학한 첫 주, 각 중학교에서 모여든 반 친구들이 교탁 앞으로 나와 자기소개를 하던 시간. 남자들만 모여 있는 다소 거친 세계에서 내 캐릭터를 확실히 하고자 했던 17살의 열망은, 독서를 취미로 말했고, 가장 감명 깊게 읽은 책으로 「슬램덩크」를 꼽았다. 당시에는 나름 웃긴 개그 코드였던지, 반 아이들의 한바탕 웃음 앞에서 나는 '웃긴 놈'이 됐다.

가끔씩 그런 회상의 지점이 떠오를 때가 있다. 과거의 어느 순간에 내가 미래를 미리 예언하고 있었던 것 같은…. 실상 출간의 영역으로 들어서기 전까지는 책을 그다지 좋아하는 편은 아니었기에, 어려서부터 책을 좋아했던 이들의 마음을 헤아릴 길은 없다. 그런데 틈날 때 들춰 보는 이 만화로써 대리보충을 해보는 경우가 있긴 하다. 나는 이 만화를 왜 이렇게까지 좋아하는 것일까? 그렇다고 내가 만화책을 좋아하는 성향인 것도 아니다. 오직 이 만화만 각별하다.

내 또래들의 학창시절에, 『소년 챔프』라는 만화주간지에 「슬램덩크」가 연재되었다. 이걸 매주 사서 읽은 친구가 한 반에 한 명씩은 있었고, 그 녀석이 석식 시간을 이용해

들뢰즈에게 프루스트가 있었다면,
내겐 이노우에 다케히코가 있었다.

서점에 들러 그걸 사오면, 반 아이들은 야자 시간 내내 그걸 돌려 보곤 했다. 반 아이들이 다 돌려 보고서 아무도 가져가지 않는 너덜너덜한 『소년 챔프』는, 항상 교실 뒤쪽 창문의 사물함 위에 덩그러니 놓여져 있었다. 더군다나 농구가 열풍이었던 시절과 시대, 우리의 일상은 항상 「슬램덩크」 곁에서 일어나고 있었다.

『아름답고 쓸모없는 독서』의 프롤로그에서 김성민 작가는 버지니아 울프의 말을 인용한다. '해마다 같은 책을 읽고 그때마다 감동을 글로 남기면 우리 자신들의 자서전을 기록하는 것이나 마찬가지'라는…. 내 경우에는 「슬램덩크」 하나가 해당할 뿐이다.

어느 페이지를 다시 펼치는 순간, 그것이 매주 연재되던 시절의 어느 기억이 그 페이지로부터 뿜어져 나올 때가 있다. 내게는 『잃어버린 시간을 찾아서』가 말하는 '비자발적 기억'의 경험이기도 하다. 하여 모든 페이지가 내겐 잠재적 마들렌이다. '잃어버린 시간을 찾아서'의 주제로 몇 개의 기획을 준비하고 있던 입장이다 보니, 계속해서 들춰 보는 것이기도 하다. 아직 내가 찾지 못한 어떤 기억을 숨겨 두고 있을까 싶어서….

그것을 다시 펼치는 순간은, 시간의 문을 열고 들어서는 순간이기도 하다. 그 문 뒤에서 나의 발견을 기다리고 있을지 모를, 잃어버린 시간들을 되찾기 위해, 오늘도 만화 위를 방황하는 시간의 탐험가. 아주 오래전 그 페이지를 넘기던 날들에 일어났던 일들이 그 페이지에 기억되어 있기도 하다. 그리고 그 시절에 두고 온 내가 있다. 17살의 강백호 곁에, 18살의 송태섭 곁에, 19살의 정대만 곁에 여전한 나의 17, 18, 19살의 날들.

책에는 콘텐츠만 기록되어 있는 것이 아니다. 이미 그것과 관련된 '비자발적 기억'들을 함께 지니고 있는 마들렌이다. '잃어버린 시간'까지 기재하고 있는 문자들, 그 사이로 다시 시간을 달리는 소년소녀들. 그것에 대한 글쓰기 와중에 '되찾은 시간'. 늘 그곳에서 기다리고 있는, 아직 끝나지 않은, 끝없는 이야기. 내겐 일종의 프루스트 커넥션인 셈이다. 들뢰즈에게 프루스트가 있었다면, 내겐 이노우에 다케히코가 있었다고 농담처럼 말하곤 하지만, 실상 농담 아닌 거. 개인적으로 나는 이 만화가 문학의 지위라고 생각하고 있거든.

회상에 관한 파편적 단상

* * *

“니들이 왜 여기 있어?”

재개발을 앞두고 거의 폐허가 되다시피 한 옛 집터로 돌아와 다시 방문을 열었을 때, 아직도 그곳에서 비디오의 플레이버튼을 누르지 않은 채 덕선이를 기다리고 있는 옛 친구들. 덕선이는 다시 그들과 나란히 앉아 「영웅본색」을 보던 그 시절로 돌아왔다. 예능 PD 출신이 연출한 「응답하라 1988」의 애틋한 마지막 장면에서는 정말 미쳐 버리는 줄 알았다. 젊은 방송 작가들이 써내려 간 내레이션은 요즘의 문학보다 낫다.

이웃주민들과의 이별에 참아왔던 눈물을 왈칵 쏟아 내

는 선영. 요즘에 이런 정서가 잔존하기나 할까? 우리가 되찾아야 할 가치라고 하기에는 정작 나도 이웃들과는 친하게 지내지 못한다. 그만큼 우리가 딛고 있는 시간과 공간 자체에, 그리고 관계의 문제조차도 소장가치보다는 소비의 가치가 앞서 있는 시절. 화양연화의 시간을 먼저 살았던 옛 청춘들을 회고하는 콘텐츠야 언제든 있어 왔던 스토리이지만, '응답하라 시리즈'가 불러 본 기억 너머의 것들은, 그저 소모품으로 전락한 문화콘텐츠 시장이 되찾아야 할 소장가치가 아닐까 싶기도 하다.

mp3가 먼저였을까? 음악시장의 퇴락이 먼저였을까? 어쨌거나 음악도 스파(spa) 전략의 소비품이 되어 버린 세태, 2041년에 돌아보는 2021년에서 응답하고 있을 것들의 BGM으로는 어떤 음악이 쓰일까? 적어도 한창 인기를 구가하고 있는 걸그룹들의 노래는 아닐 것 같다. 물론 이도 90년대의 학창시절로 메이데이를 외치고 있는 세대의 꼰대 같은 생각일지 모르겠다. 지금의 청춘들에게도 나름의 소장가치로 써내려 가는 저마다의 추억이 쌓이고 있을지 모르는 일이니.

세상이 편리해지는 것이지 좋아지는 것은 아니라는 말. 그렇다고 핸드폰이 아직 세상에 나오지 않았고 지하철 6

호선이 개통되지 않았던 그 시절로 돌아가자는 의미도 아닐 터. 젊다는 것만으로도 아름다운 것이라는 말. 그렇다고 수능을 다시 준비하고, 군대를 다시 가야 하며, 취업 준비로 밤잠을 이루지 못하던 그 시절로 다시 돌아가고 싶다는 의미도 아닐 터. 그저 다시 돌아올 수 없다는 이유 하나만으로, 지금 우리 곁을 스쳐 가고 있는 순간들보다 커 보이는, 그래서 우리가 차마 놓아주지 못하고 있는 '빅 피쉬'인지도…. 어쩌면 우리는 그런 기억 자체를 소유하고 싶은 게 아닐까? 현재로 환원되지도 소비되지도 않는 그런 소장가치.

* * *

언젠가부터 내 책표지를 화가분들의 작품으로 사용한다. 편집 업무를 맡은 이후로는, 대표님도 그 방향성을 좋아해 주신 덕에, 이젠 출판사의 기조가 되기도 했고…. 한국 아티스트 분들의 예술혼과 함께하겠다는 취지이긴 하나, 내 카톡 프로필이기도 한 邦乔彦 (bang qiao yan) 작가의 그림을 너무 써보고 싶었다.

한 에이전시에 소속되어 있길래. 대표님에게 한번 접선을 해보자고 제안을 드린 후, 에이전시 측과 메일을 주고받았다. 중국어 전공자이기도 한데, 너무 오랜만에 중국어를 하려니, 창피하게도 번역기를 돌렸다. 이 또한 시대의 변화가 가져다준 편의 기능, 구글보다는 파파고가 조금 더 나은 듯.

모르겠다. 왜 그 그림이 그렇게 끌렸는지는…. 그림 속 소년의 낮잠과 구식 TV의 화면조정, 벽에 붙은 마이클 잭슨 사진. 하늘과 구름 사이로 날아온 종이비행기가 마치 미래에서 온 편지 같아서…. 고로 '응답하지 않는 시절의 나에게로'라는 의미와 『잃어버린 시간을 찾아서』의 상징을 담아 표지로 사용하게 됐다.

***

졸저 『붉은 노을』에 학교의 시계탑 이야기를 적은 페이지가 있는데, 실상 내 모교에 관한 기억이다. 교정 전체를 싹 다 갈아엎은 리모델링 와중에도 살아남은 유일한 옛 풍경은 시간이었다. 그 모습이 어떤 상징성으로 다가왔다.

아우구스티누스가 정의한 미래와 과거의 시간. 미래는 '아직 없음'이며, 과거는 '이제 없음'이다. 그 시절에는 '아직 없었던' 풍경들 사이로 사라진 '이제 없는' 풍경들. 정작 그것이 그 자리에 있을 땐 부재한 있음에 대한 자각. 사라져 버리고 난 후에야 비로소 감지되는 '있었음'. 청춘도 그러하지 않던가. 푸르름이 걷힌 종착역에 당도해 기억으로 돌아볼 때야 절실히 깨닫는 '이제 없음'에 관한 것. 그 시절이나 지금이나 변함없는, 저 눈치 없이 아름답기만 한 이터널 선샤인. 유일한 풍경은 시간 그 자체다.

***

우리가 지나간 날의 사랑을 기억 속에서 놓아주지 못하는 것은 그런 이유에서가 아닐까? 그 시절의 그 사람을 기억한다기보단 그 시절의 나를 기억하고 싶어서…. 멈춰진 어느 시간 속에 두고 온 첫사랑 곁에는, 아직도 설레이는 마음으로 사랑과 사람과 삶을 바라보는, 아직은 순수한 열정으로 들끓던 시절의 내가 있다. 어쩌면 우리는 자신의 가장 이상적인 모습을 상기하기 위한 좌표로서 혹은 증인으로서 그 사랑을 붙박아 둔 것인지 모른다. 그 과거가 실제의 나에 대한 기억이든, 한껏 미화된 나에 관한 기억이든, 내게도 그런 시절이 있었다는 기억 자체로 지금을 위로하기 위한….

하여 실상 오롯한 과거로의 회상이라기보단, 지금 소망하고 있는 바의 증상이라는 철학자 들뢰즈의 진단. 추억이란 영원의 흐름 속에서 잃어버리지 않길 바라는 순간 위로 띄워 놓은 부표이기도 하다. 들뢰즈의 표현을 빌리자면, '절대로 지나가지 않는 현재'로서의 과거.

* * *

혹여 이 책을 읽어 볼지도 모를 그녀에게.

과거에서 기다리고 있는 미래

그 시절, 우리가 사랑했던 것들로부터

글 민이언
발행일 2021년 6월 30일 초판 1쇄

발행처 다반
발행인 노승현
책임편집 민이언
출판등록 제2021-08호(2011년 1월 20일)
주소 서울특별시 서초구 신반포로 47길 12 유봉빌딩 4층
전화 02) 868-4979 **팩스** 02) 868-4978

이메일 davanbook@naver.com
홈페이지 davanbook.modoo.at
포스트 post.naver.com/davanbook
블로그 blog.naver.com/davanbook
페이스북 www.facebook.com/davanbook
인스타그램 www.instagram.com/davanbook

ISBN 979-11-85264-53-0 03810

다반–일상의 책